はじめに　楽に生き、安心して死ぬために

皆さんは、『徒然草』とその作者・兼好に、どのようなイメージをお持ちでしょうか。『徒然草』も兼好もまったく知らない——という人があまりいないのは、授業で「つれづれなるままに、日ぐらし、硯《すずり》にむかひて……」と暗誦させられたとか、いくつかの話が教科書にのっていたという人が多いからでしょう。

ただ、残念ながら、学校で習った時に「いいなぁと思った」という人には、なかなか出会いません。「説教臭い話だった」とか「『無常観』というのが、よくわからなかった」という人がほとんどのようです。確かに、七百年も昔の人の文章から、その人生観やら世界観やらを理解しようとするのは難しいことです。

しかし、不思議なことに、少々歳を重ねてから『徒然草』に触れると、これがどうしたことか、「こんなに身近な話だったのか」「するどい指摘におどろいた」「何度も読み返してしまった」という人がわんさと出てくるのです。

『徒然草』が書かれたのは、一三三〇年ごろと言われています。一般に広まった

のは、江戸時代に入り、印刷された本が出版されるようになってからです。長い戦国時代が終わり、人々は文化に飢えていたのでしょうか。『徒然草』に限らず、日本や中国の古典が注釈つきで次々と出版され、人々に歓迎されました。

江戸時代の兼好のイメージは、「人としての生き方」を教える哲学者の面と、世の中の酸いも甘いもかみわけた粋法師《すいほうし》の両面でした。そして、『徒然草』は、人としての生き方や、世の中をうまくわたってゆく処世術を教えてくれるものと捉えられ、そのイメージが今につながっています。

でも、実際に読んでみると、単なる処世術ではなく、ひとりの人間が生きる中で感じる寂しさや苦しみ、ちょっとした喜びや楽しみが、短い話の中に凝縮されているのがわかります。「つれづれなるままに……」などと言いつつ、リズミカルでいて繊細、ムダのない文章は、歌人でもある兼好が、人に読まれることを十二分に意識しながら、推敲を重ねたものであろうことが容易に想像できます。「この世に、本当に心を開いて話すことのできる人はいない」などと言いながら、兼好は案外人づきあいのいい、座談の名手だったのかもしれません。噂話を仕入

れるには、人中に出なければならないし、面白い話を聞いたら、誰かに話したくなるのが人情です。学才や和歌の才能もさることながら、歌会などでの一口噺《ひとくちばなし》が軽妙で人気があった――それが鎌倉幕府の滅亡から南北朝の動乱という乱世を生き抜いた兼好だったのかもしれません。

戦争から長い年月がたち、ものにあふれた社会、多くの人が容易につながることができる時代に生きながら、私たちは、どこかで息苦しさを感じています。どうしたら楽に生きることができるのか、またどうしたら安心して死ねるのか――兼好はしつこいくらいに「人は死ぬ」「いつ死ぬかわからない」とくり返します。『徒然草』を読んで、その向こうに見えてくるのは、自分自身の生き方なのかもしれません。だとすれば、それは理解する対象ではなく、共感や時には反感を持ちながら向きあうもの。ある程度、年齢や経験を重ねてきたからこそできることでしょうし、また、楽しむこともできるのではないでしょうか。

古典文学研究家　山田喜美子《やまだきみこ》

生きるのが楽になる！

兼好法師の名言5

意味を知ると気持ちが少し楽になる、前向きになれる言葉を5つ紹介します。

名言1

「よろづのことは頼むべからず」

（万事あてにできない）

権勢
財力
主君の寵
他人の厚意
約束
など

⇩

人やものをあてにしてはダメ

くわしくは⬇パート2

名言2

「賢き人の富めるは稀《まれ》なり」

（賢人が裕福であった例はめったにない）

食べもの
着るもの
住むところ
薬

⇩

これ以上求めるのは贅沢

くわしくは⬇パート3

名言3

「世に語り伝ふること〔中略〕多くは皆虚言《みな》なり」

（世間で語り伝わることは〔中略〕多くはみなつくりごとである）

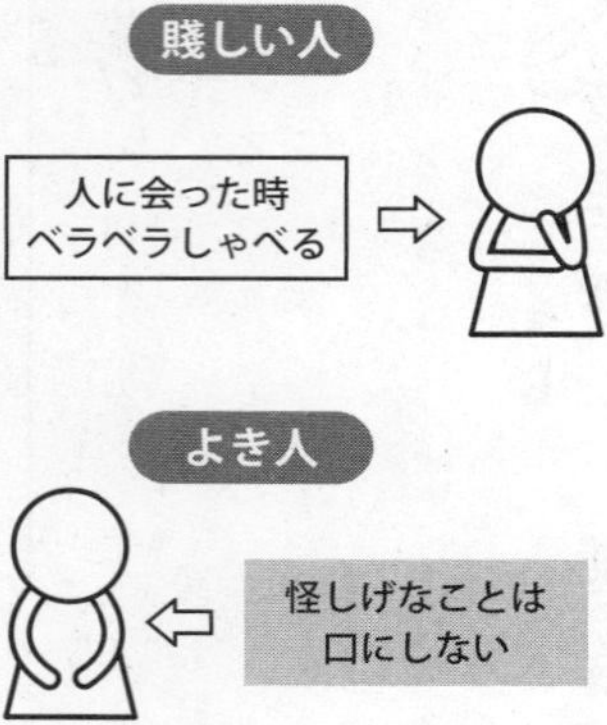
賎しい人
人に会った時
ベラベラしゃべる
よき人
怪しげなことは
口にしない

くわしくは⬇パート4

名言4

「費《つひ》えもなくて、物がらのよきがよきなり」

（高価ではないが良質のものがよい）

くわしくは⬇パート5

名言5

「世は定めなきこそいみじけれ」

（この世は無常であってこそ意味がある）

人の命が
永遠だったら
情趣がない

⇩

未来が
決まっていない
からこそ
生きていく
価値がある

くわしくは⬇パート6

『徒然草』関連地図

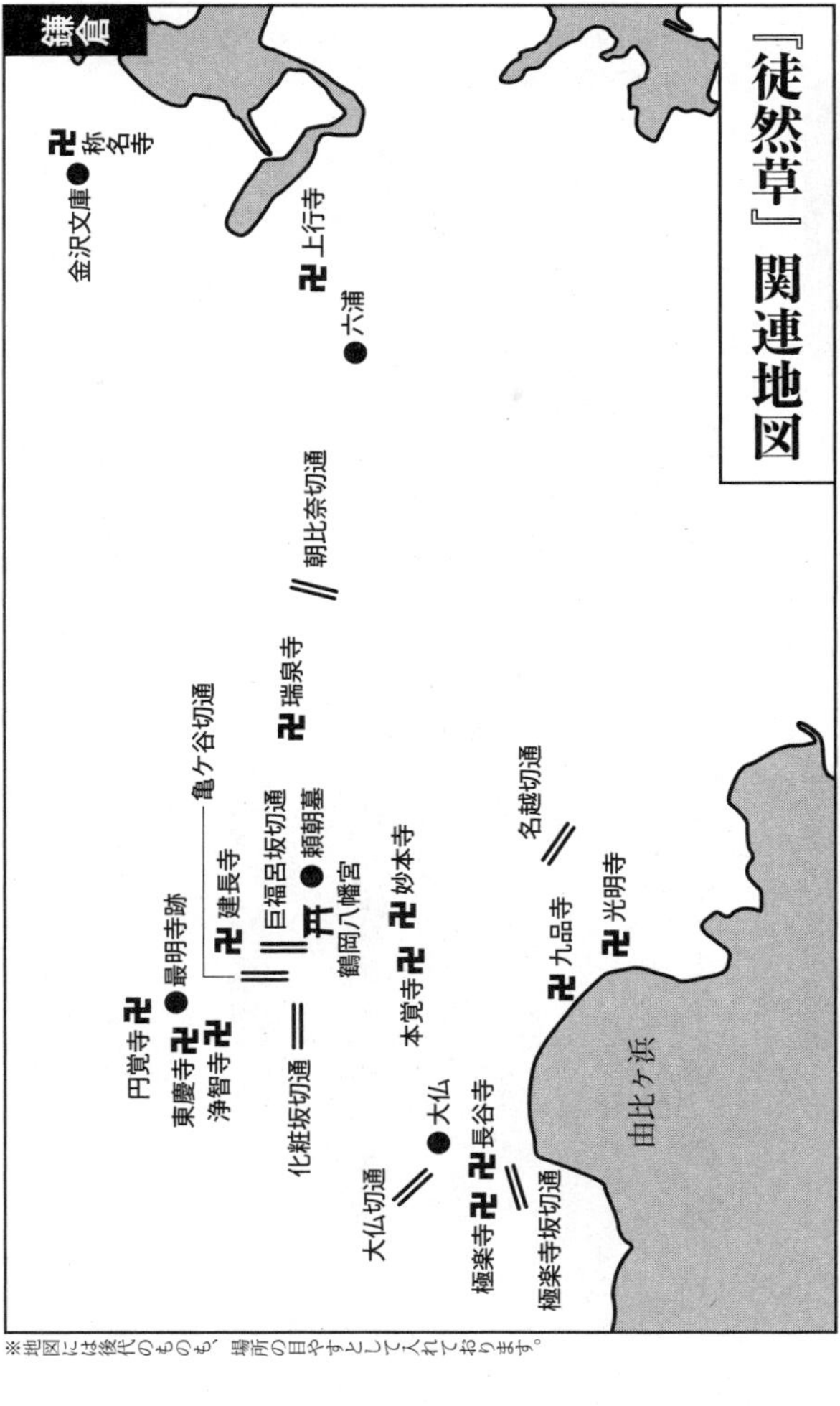

※地図には後代のものも、場所の目やすとして入れております。

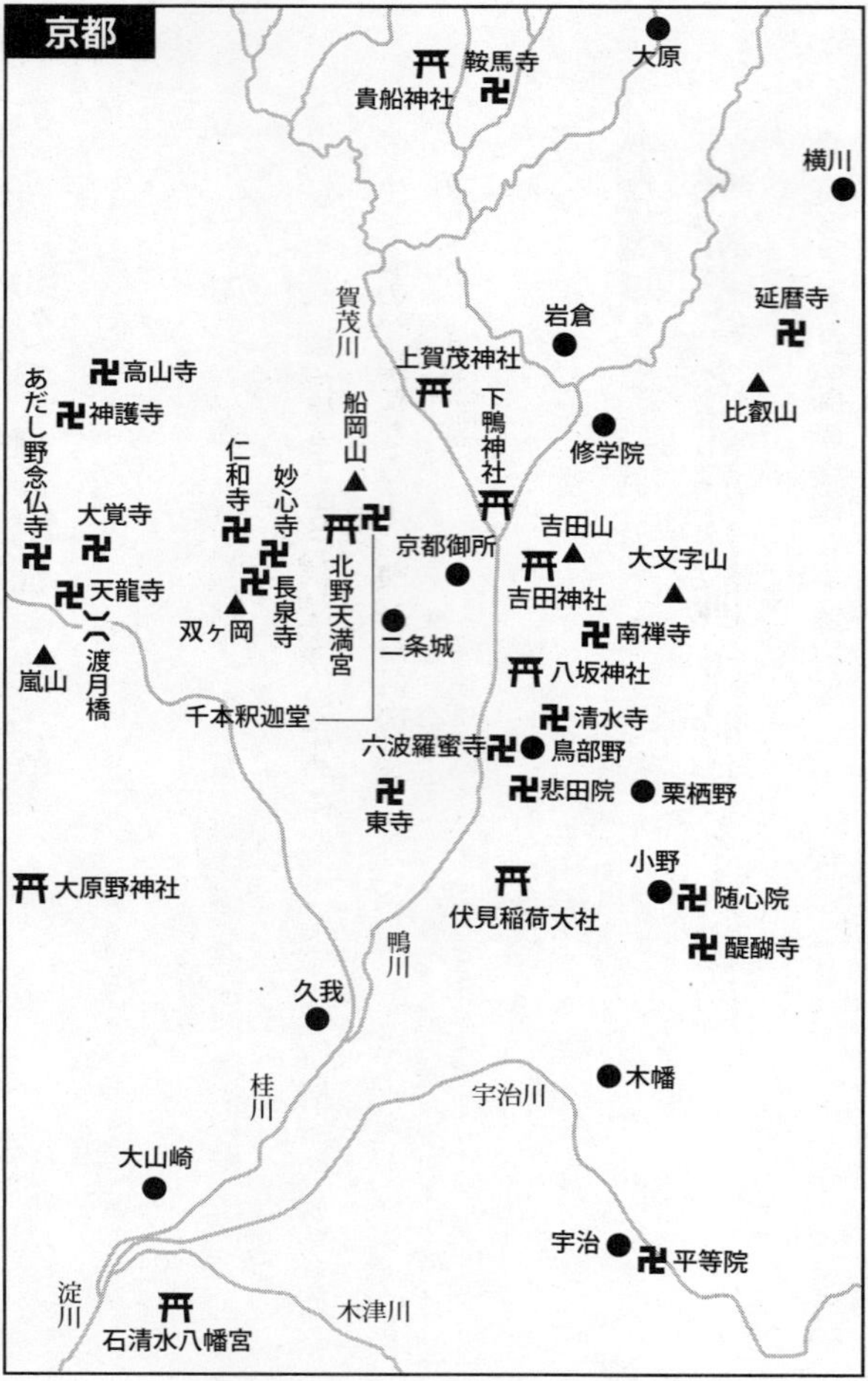

※地図には後代のものも、場所の目やすとして入れております。

60分で名著快読『徒然草』

目次

パート2 人～勝とうとしない生き方

パート3 金～持つと危険、持たぬと悲惨

パート4 世間～理屈では割り切れない

パート5 美 ～変化の中にあり

パート6 死～直視できないけれど

※本書で使用している『徒然草』の原文は、小川剛生訳注『新版 徒然草 現代語訳付き』（角川ソフィア文庫）をもとにしていますが、ふりがなは適宜、著者が追加しております。
※原文の下にある脚注は、すべて著者によるものです。
※現代語訳は、すべて著者によるものです。できるかぎり原文に対応するようにしていますが、一部わかりやすいように変更しています。
※本書で紹介している和歌は、できるだけ出典を明記しています。和歌の解釈は、すべて著者によるものです。

○STAFF
編集・構成・本文デザイン・図版／造事務所

パート1

『徒然草』と兼好法師

～時代と人物像

謎多き兼好法師の虚像と実像

「吉田兼好」は間違い。有名ながら、その経歴や実態は謎だらけ

かつて、兼好《けんこう》は「吉田兼好《よしだけんこう》」と呼ばれていました。日本史や古文のテストで、「『徒然草』の作者は？」という問題に、「吉田兼好」と答えた方も多いことでしょう。しかし、今の教科書では、「兼好法師」もしくは「兼好」となっています。

歴史にも、革新や訂正はありますが、兼好の「吉田」もそのひとつです。

兼好の死から百年ほどたったころ、京都吉田神社に、卜部兼倶《うらべかねとも》（一四三五～一五一一年）という神官がいました。兼倶は、姓を卜部から屋号の「吉田」へと改めるのですが、その際、『徒然草』の作者が卜部兼好と名乗っていたことから、自らの系図に取り込んでしまいます。

卜部改め吉田兼倶は、神仏習合に対して、仏教・儒教・道教を包含《ほうがん》した唯一神道

江戸時代に刊行された『つれづれ草』に描かれた兼好法師像。
『つれづれ草』神奈川県立金沢文庫所蔵

＝吉田神道を唱道した人物です。このころ歌家《か》系の権威づけとして、このころ歌僧《そう》・連歌師《れんがし》の間で著名だった兼好を利用しようとしたのかもしれません。

このため、江戸時代の『徒然草』の注釈書には「吉田兼好」と記され、以後長くこの名称が使われました。しかし、兼好自身は「吉田」を名乗ったことはないわけです。

しかも、長く「吉田神社に関係する神祇官《じんぎかん》の家柄の出身」とされてきた兼好の経歴にも、いくつかの異論が出されています。そもそも、兼好は、生没年すら不確かです。『徒然草』

でも、自分の歌集でも、経歴はほとんど明かされません。

京と関東を行き来し、歌人としても活躍

そこで、現在わかっている、確かな記録のあること①〜⑥と、確からしいこと⑦〜⑨を列記すると、次のようになります。

①一二八三年ごろに生まれて、一三五二年八月過ぎまで生きた。
②卜部《うらべ》兼好《かねよし》と称し、後に出家して兼好《けんこう》と名乗った。
③一三一三年九月に京都山科《やましな》の田一町を「兼好御坊《けんこうごぼう》」名義で買った（つまりこの時すでに出家していた）。
④関東（鎌倉・横浜の金沢）に二〜三回滞在した（初めての東下《とうか》は一三〇二年）。
⑤「兼好法師」の名で勅撰和歌集《ちょくせんわかしゅう》に十八首入集《にっしゅう》している。
⑥一三四八年十二月に太政大臣《だじょうだいじん》・洞院公賢《とういんきんかた》を訪ねて、高師直《こうのもろなお》（足利尊氏《あしかがたかうじ》の側近）に頼まれた件を相談した。

⑦宮中に蔵人所《くろうどどころ》所属の官人として出仕したらしい。
⑧鎌倉幕府の執権・金沢貞顕《かねさわさだあき》に京で仕えた。
⑨村上源氏の堀川家（後二条天皇《ごにじょうてんのう》生母の実家）に仕えた。

この他、証拠はありませんが、兼好は生粋《きっすい》の京都人だろうと思われます。関東の情報が豊富で、鎌倉への理解も深いのですが、京都と鎌倉を比べる際は、必ず鎌倉（東国）を田舎扱い。文化程度が低いとし、京都文化と京都人に共感を示しているからです。

とにかく確たる事跡《じせき》が少なく、生存時のエピソードも多くない兼好。亡くなって二十年後くらいに成立した軍記物語『太平記《たいへいき》』には、兼好が足利尊氏の側近・高師直から恋文の代筆を頼まれたけれど、塩冶判官《えんやはんがん》の妻に相手にされなかったという失敗談が書かれています。この高師直による塩冶判官の妻への横恋慕《よこれんぼ》は、江戸時代に浄瑠璃《じょうるり》・歌舞伎の「仮名手本忠臣蔵《かなでほんちゅうしんぐら》」に脚色されて有名になったので、ご存知の方も多いでしょう。

実際、高師直に、正月に宮中の行事で着る装束《しょうぞく》のことを相談され、太政大臣・洞院公賢に直接会って問い合わせをしたことが公賢の日記に残されています。しかし、『太平記』の失敗談は、兼好が能筆《のうひつ》（達筆）だったという伝承と、高師直と交渉があったということが、いっしょになってできた話かと思われます。

複数のネットワークを駆使して情報を収集

兼好は十代のころから、村上源氏の流れの堀川家に家司《けいし》（事務職員）として仕えたと言われてきました。しかし近年、鎌倉の執権・金沢貞顕《かねさわさだあき》が京の六波羅探題《ろくはらたんだい》として上京してきた時に貞顕の家臣となり、その後、出家した後で堀川家と関係が生じた、という説が提出されています。そうすると、兼好と堀川家の関係は、歌を通じてできた人脈と見ることもできます。

堀川家は、同族の土御門家《つちみかどけ》・久我家《こがけ》から多くの歌人を出しています。後二条天皇《ごにじょうてんのう》の母を入内《じゅだい》させていて、兼好の歌の師である二条為世《にじょうためよ》とも近い関係です。

鎌倉時代後期は、「両統迭立《りょうとうてつりつ》」の時代（36～38ページ参照）。廷臣も持明院統《じみょういんとう》と

兼好の交流とネットワーク

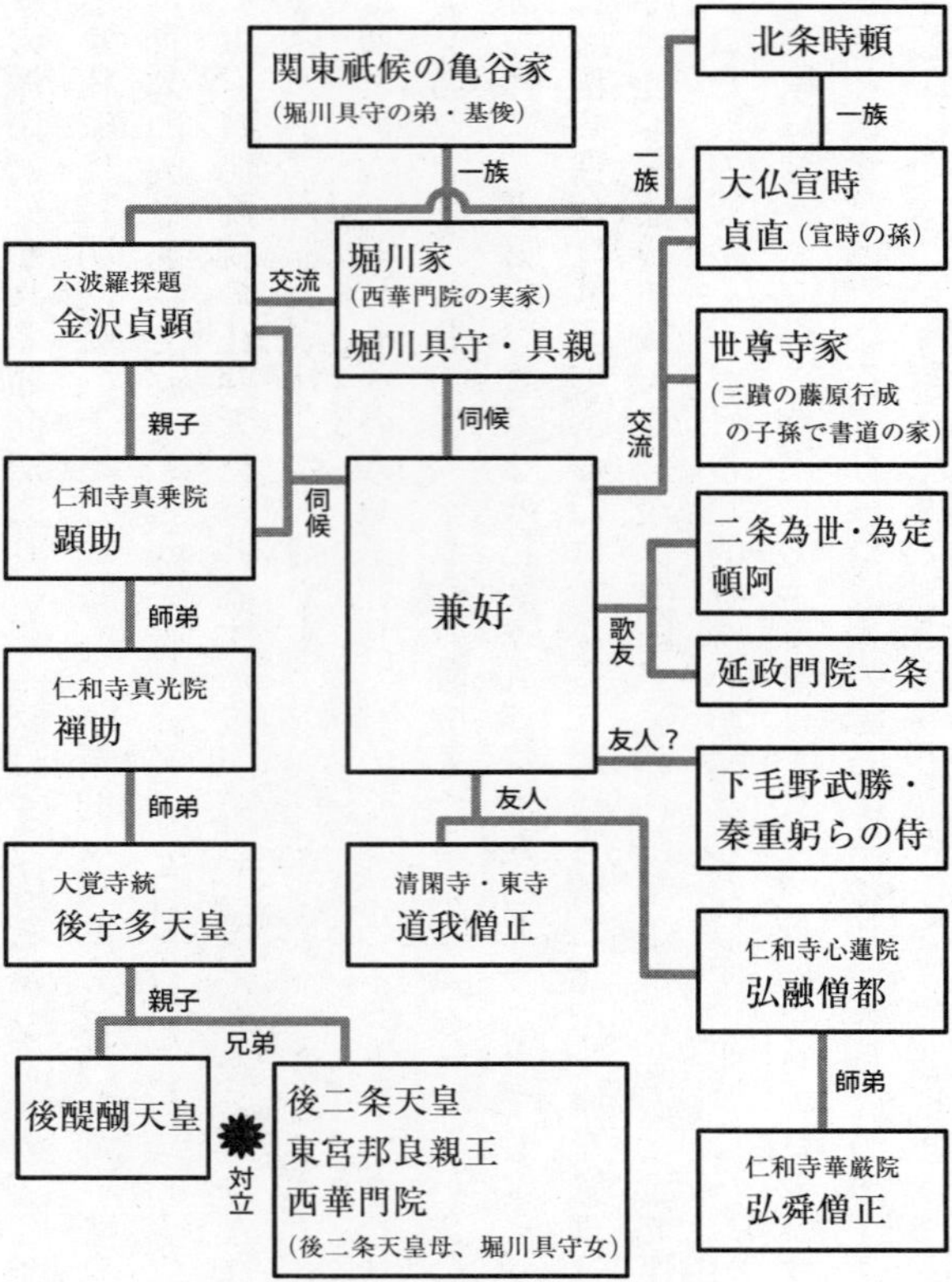

歌人としての交流だけでなく、高僧や武士などとのつながりもあった。

大覚寺統《だいかくじとう》の派閥に分かれる傾向があり、二条家は大覚寺統寄り。一方、二条家と対立する京極家は持明院統の天皇と親しく、革新的な和歌を目指していました。

二条為世の門人である兼好は、当然大覚寺統寄りと目されるわけですが、『徒然草』には、持明院統の花園《はなぞの》天皇に共感する段（第二七段）もあり、ひと筋縄ではいかないのが、京都公家社会の内情です。

兼好は僧と歌人、それぞれの人脈を通じて、いくつかのネットワークを持っていたと考えられます。これらは、それぞれ独立したものではなく、互いにつながり、絡みあって、兼好にさまざまな情報や知識をもたらしたことでしょう。

とくに金沢貞顕は、武士であるだけでなく、現代も残る金沢文庫を管理運営した、当時、日本有数の知識人でした。中国で失われた漢籍《かんせき》が、金沢文庫で保管されて伝わったものも多く、兼好の知的好奇心を満たしたはずです。

また、名家に仕える立場の侍階級のネットワークは、貴族たちのゴシップや噂のたまり場というだけでなく、行事や儀式の実際に携わり、人目につかずことの進展に目配りしている下働きの人間ならではの知識ももたらしたと思われます。

『徒然草』に何気なく書きとめられた有職故実《ゆうそくこじつ》の知識は、そうしたところからもたらされたのかもしれません。

有名な序段は読者への「弁解」!?

実際の兼好の人物像は、『徒然草』の本文から推測するしかないでしょう。

つれづれなるままに、日ぐらし、硯《すずり》にむかひて、心にうつりゆくよしなしごとを、そこはかとなく書きつくれば、あやしうこそものぐるほしけれ。（序段）

なすこともなくただ独り、一日硯と向き合って、心に浮かんでは消える、とりとめのない事柄を、あれこれあてどなく書きつづっていると、変に高揚した気分

——になってくる。

『徒然草』の題名のもとになった序段です。第二三五段で、「心」をあらゆる外界のものを映し出す鏡のようなもの、とするのに通じる考え方で、「外部の情報をそのまま映し、反応する私の心、それを書き始めたら、止まらなくなって、いつしか寝食も忘れて夢中になった、私って変?」とでも言っているよう。筆にまかせて、という意味では、まさに「随筆」と言うべきでしょう。

根底にあるのは人間的な親しみやすさ

この序段からうかがえる兼好像は、「独り物思いにふける世捨て人」で、「心の中の思いを誰かに話して共感を得たいのだけれど、その相手がいない」というものでしょう。世を捨てたけれど、人恋しい人間像です。第一二・一三段でも、「同じ心ならん人としめやかに物語し」たいけれど、そんな人はいない。だからせめて「ひとり、燈《ともしび》のもとに文《ふみ》(書物)をひろげて、見ぬ世の人(昔の人)を友とする」

と言っています。理想と現実の狭間にゆれる、本当は人間が好きだけど、話をして幻滅したくないので距離をおいている人のようです。

あはれなる夢を見てうちおどろきたるに、語るべき人もなければ

覚めぬれど語る友なきあか月の夢の涙に袖《そで》はぬれつつ　（『兼好法師集』）

1行目は「詞書《ことばがき》」という、歌の前書です。心にしみる夢を見ても、その話をする友がいないと、寝床で涙する我が身を詠んでいます。

もう一首。比叡山《ひえいざん》の横川《よかわ》に隠棲したころに詠んだと言われるのが、次の歌です。

とぶらふべきことありて、都にいでて

たちかへり都の友ぞとはれける思ひすててもすまぬ山路は　（『兼好法師集』）

用ができて、山寺から都へ下りて、旧友に会うと、俗世を捨てたつもりになっ

ていても、まだ本当には捨てきれないと、正直に告白しています。

この素直さ、正直さが兼好の魅力なのでしょう。この親しみやすさが底にあるから、「すべて人に愛楽《あいげう》せられずして衆に交はるは恥なり（何につけ、他人に歓迎されないのに人中にしゃしゃり出ると恥をかく）」（第一三四段）などと言われても、そういうこともあるかなと、受け入れる気になってしまうのです。

また、兼好の思考の特徴として、Aと言ったかと思うと、必ずと言って良いほど、アンチAという意見も提示してバランスをとろうとすることが挙げられます。「出家の志を抱いたなら、子が大きくなってからとか、かかえている事案を片づけてからとか言わずに、すぐに出家しろ」（第五九段）と言うかと思えば、「親や妻子を抱えた俗世のしがらみの多い人が、心にもないお世辞を使ったりするのは仕方がない。妻子のためには恥も忘れ、盗みだってするだろう。それを自由な身の上の出家者が軽蔑するのはまちがっている」（第一四二段）とも言うのです。

声高に自分の考えを主張しない、こうも言えるが、ああも言えると、必ず物事を両面から眺めるのが、兼好という人なのです。

歌僧として生きた「世捨て人」

世間の秩序や価値観から自由になったことで、独自の客観性を得る

兼好は、三十歳前後のころ、出家したとされています。出家の理由は、さまざまに言われていますが、いずれも憶測の域を出ません。彼は出家しても、特定の寺や宗派に属したわけではありませんでした。比叡山《ひえいざん》や修学院《しゅうがくいん》にこもって修行したことは確かですが、大方は洛中《らくちゅう》か近くの洛外《らくがい》に庵を構えて暮らし、時には東国にも下ったようです。こうした出家者を、「世捨て人」「遁世者《とんせいしゃ》」と呼びます。

つまり、彼の出家は、僧になるというより、世捨て人になるステップだったと言って良いでしょう。

そもそも「世捨て」とは、「世」すなわち自分の属するコミュニティーからはずれることでしょう。「世間」から一歩外に出る、特定の人づき合いから離れると、

世間の秩序や価値観から自由になり、身分的にも階層から離れます。

彼は貴族階層のギリギリ下層にいたと思われるのですが、そこからはずれると、上とも下とも交流することが楽になったと考えられます。特定の寺に入らなかったのは、寺や宗派に属すると、その中の序列に組み込まれるからです。俗世の出自が僧の身分にも反映していました。歌僧《かそう》（和歌を専門とする僧）としてなら、最上階の貴族とも話ができ、庶民とも交流でき、社会の第三者としての視点から、上から下までの世間を客観的に観察し、批判できます。

中世から近世まで、連歌師《れんがし》や能楽師《のうがくし》など、主として芸能・文芸に携わる人たちが僧体《そうたい》になったり、法名《ほうみょう》を名乗ったりする（世阿弥《ぜあみ》などの「阿弥」は法号で、兼好の友人も頓阿《とんあ》を名乗る）のは、世間からはずれた存在だったからです。後の御《お》伽衆《とぎしゅう》や茶人も、脱世の身分だから、権力者に物申すことができたのでしょう（僧ではないのに髪を剃った茶人や俳人《はいじん》がその例）。

しかし、世を捨て、コミュニティーからはずれることとは、そのコミュニティー内の地位を失い、保護から離れることも意味します。追放される、世に捨てられ

ると、悲惨な運命が待っているわけです。兼好は、周到な準備のもとで、世を捨てたのでしょう。

二期に分けて書かれていた『徒然草』

『徒然草』は、一気に書かれたのではなく、ほぼ二期に分けて書かれたと考えられています。出家する前後、つまり三十歳ごろに一部が、そして残りは五十歳直前の一三三一〜一三三二年ごろ。その分かれ目は、第三〇段あたりという説と、第三八段という説など様々です。

第三八段を見ると、人間の願望（名声・財産・智・徳）をひとつずつ挙げては、それをことごとく否定し、「万事は皆非《みな》なり。言ふに足らず、願ふに足らず（この世のことは皆空虚であり、論ずるに足りない、願っても無駄だ）」と締めくくります。ある意味、この世に絶望した極北の哲学とも言えるでしょう。

それが、第三九段は一転して、信者から「念仏を唱えていると眠くなります。どうしたら良いでしょう」と訴えられた法然《ほうねん》上人が「目が覚めている時に唱えれ

ば良い」と答えた話を、兼好が「いと尊かりけり」と言うのです。

力んでこの世を否定していたのが、すっかり脱力してしまっています。「わび（侘び）」の境地と言って良いかもしれません。

「わび」「わぶ」は、マイナス面では貧しい、力がない、何もないというイメージ（わびしい、わび住まいなど）ですが、プラス面では、無駄な力が抜けて肩ひじ張らない（わび茶など）イメージです。兼好は、後半生でそうした「わび」の境地に至ったのかとも思います。

さらに、世を捨てたおかげで、歌人としての地位を確立してからは、太政大臣《だじょうだいじん》や関白とも対面して話ができる存在になっています。下っ端の貴族でいれば、雲の上の人であったろう人と歌会で同座し、場合によってはその人の歌の良し悪しの判定を依頼されもしたのです。

理想と現実の乖離《かいり》に悩んだ青年が、仏教的な悟りはともかく、世間から離れた立場で判断できる脱力、客観性を得たと言えるでしょう。

不安定な時代を射抜いたするどい観察眼

天皇もコロコロ変わる不安定な「乱世」を生き抜く

兼好は、鎌倉時代の後期に生まれ、南北朝争乱の半ばに世を去りました。生まれる少し前に、二度の元寇《げんこう》があり、ちょうど五十歳のころ鎌倉幕府が滅びました。それから六十年、一三九二年に南北朝合一が成るまで、天皇もくるくる交代し、武家も足利氏《あしかがし》を中心に、昨日の味方が今日は敵という目まぐるしい状況が続きました。

そんな時代を、兼好はどのように生き抜いたのでしょうか。そもそも鎌倉時代（一一八五〜一三三三年）を大きく分ける画期は、一二二一年の承久《じょうきゅう》の乱です。三代将軍・源実朝《みなもとのさねとも》の暗殺後、後継将軍をめぐり鎌倉北条《ほうじょう》政権には混乱が見られました。ここに、京都復権を目指して、後鳥羽上皇《ごとばじょうこう》がクーデターを企てたのです。

一二二一年五月十五日、後鳥羽上皇は北条義時《よしとき》追討の院宣《いんぜん》を発します。これを受け、五月二十二日に鎌倉を進発した東国軍は、十九万余りの大軍となり、二万余りの上皇軍を圧倒して、六月十五日に京都を占領。クーデターは終結しました。

この結果、後鳥羽上皇は隠岐《おき》へ、息子の順徳《じゅんとく》上皇は佐渡《さど》へ流され、もうひとりの息子で乱に関与しなかった土御門《つちみかど》上皇も、自ら望んで土佐《とさ》へ流されました。この時、皇位にあった順徳院の子・仲恭《ちゅうきょう》天皇は、数え年で四歳でしたが、三カ月足らず皇位にあっただけで廃され、後鳥羽上皇の兄で出家隠棲《いんせい》していた守貞親王《もりさだしんのう》の子が後堀河《ごほりかわ》天皇となりました。

後堀河天皇が二十歳そこそこで死去した後、子の四条《しじょう》天皇も十二歳で事故死し、系統が絶えたため、土御門天皇の皇子が後嵯峨《ごさが》天皇として立てられました。当時二十三歳でありながら、元服《げんぷく》もしていない有様だったのを、急遽元服、即位した天皇でした。

つまり、承久の乱の後、天皇の皇位継承は、鎌倉の意向に左右されたわけです。そして、後嵯峨天皇の後、その子・後深草《ごふかくさ》天皇と亀山《かめやま》天皇の兄弟の両統に分かれ

80代から100代までの歴代天皇

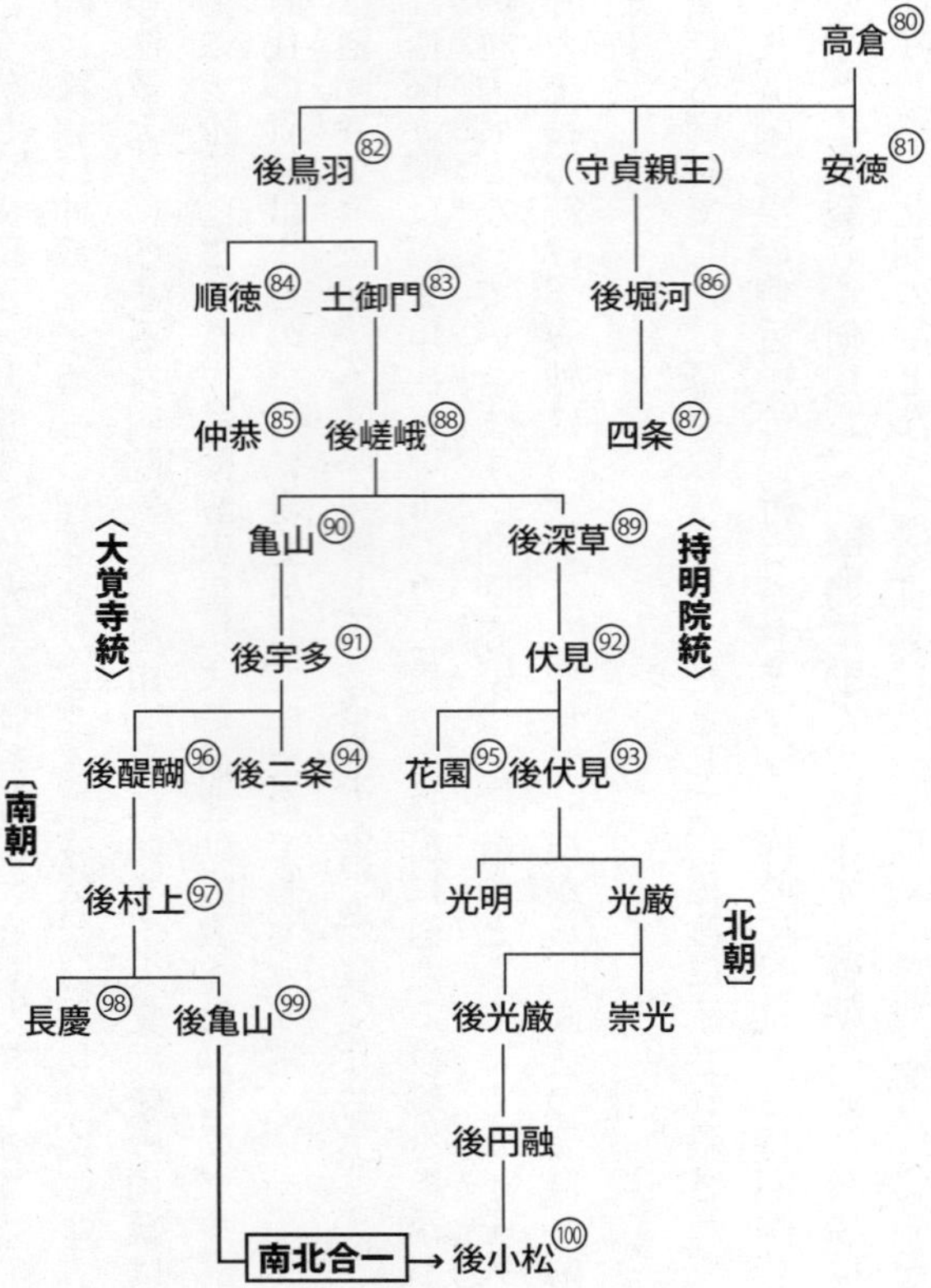

88代後嵯峨天皇の後、持明院統と大覚寺統とで両統迭立が行われた。

て、ほぼ交代して皇位が移ります。これを「両統迭立《りょうとうてつりつ》」と言っていますが、皇位継承の際に鎌倉に仲裁を求めることもあり、ますます鎌倉の発言権が増しました。一方、後深草天皇に始まる持明院統《じみょういんとう》と、亀山天皇に始まる大覚寺統《だいかくじとう》の両統は、統一されることなく、この後、後醍醐《ごだいご》天皇による南北朝分裂へと進むのです。

この時代の貴族は、どのように身を処していたのでしょうか。

例えば西園寺公経《さいおんじきんつね》は、承久の乱に際して、後鳥羽院に逆らったことが幸いして、この後、西園寺家は関東申次《もうしつぎ》という、京と鎌倉の連絡に当たる役職を継承し、京都第一の権力者となっていきます。西園寺家は、両統のどちらにも女子を入内《じゅだい》させ、影響力を持ち続け、微妙にバランスを変化させながら、両統の天皇と関わっていきます。

他の貴族も同様でした。幕府転覆を企てたとして、佐渡に流され殺された日野《ひの》資朝《すけとも》は、後醍醐天皇の側近中の側近とされますが、同時に対抗する持明院統の花園《はなぞの》天皇のもとにも親しく伺候《しこう》して、学問に励んでいます。資朝の兄・資名《すけな》は、持明院統に与《くみ》して、北朝の臣となっています。

兼好が見た「一寸先は闇」の世界

『徒然草』には、三段にわたって日野資朝のエピソードがつづられています。

第一五二段では、高齢の高僧を見て、徳のある様子と感嘆した西園寺実衡《さねひら》（公経から五代後の子孫）に対し、資朝は「ただ年をとっているだけですよ」と発言。後日、よろよろしている老犬を、「ありがたそうに見えるでしょう」と言って贈ります。

第一五三段では、失脚して土佐に流された（一三二五年）持明院統の側近の歌人・京極為兼《きょうごくためかね》に共感しています。

為兼は、持明院統の伏見《ふしみ》天皇に重用され、和歌だけでなく政治にも首を突っ込み、それがかつての主人・西園寺実兼《さねかね》（公経の曾孫《ひまご》、実衡の祖父）に嫌われ、讒《ざん》言《げん》されたと言われています。武士たちに包囲されて六波羅探題《ろくはらたんだい》（鎌倉幕府が朝廷の監視や京の治安維持のために設置した役所）に連行される為兼の姿を見て、資朝は「あぁ羨《うらや》ましいなぁ、男と生まれたからにはこういうことをしてみたい！」

と言ったと、兼好が語っています。この時、日野資朝は二十六歳。九年後に、自分も六波羅に連行され、佐渡に流されるなどとは、予想もしなかったでしょう。『徒然草』の主な執筆期間は、一三三〇年ごろと見られています。その六年前、一三二四年九月の、正中《しょうちゅう》の変による日野資朝の六波羅連行をふまえて、兼好はこの段を書いたのでしょう。資朝連行の報を聞き、そう言えば、九年前の為兼の時……と思い出したのだとしたら、すごい記憶力です。

第二一一段は、この乱世に生きた兼好の、心の叫びと言えるでしょう。

よろづのことは頼むべからず。〈中略〉君《きみ》[1]の寵《ちょう》をも頼むべからず。誅《ちゅう》を受くること速かなり。奴従《やつこ》[2]へりとて頼むべからず。背き走ることとあり。人[3]の志をも頼むべからず。必ず変ず。約をも頼むべからず。信あること少《すく》な し。（第二一一段）

1：寵が厚ければ厚いほど反動も大きい。
2：下僕。「家つ子」。
3：他人の厚意。

すべてのことは当てにしてはいけない。（中略）主君の寵も当てにできない。あっという間に罪を問われて殺されることがある。下僕が忠実だといっても当てにならない。背いて逃げることもある。他人の厚意も当てにならない。心変わりする。約束したって当てにならない。信義が守られることは少ない。

天皇の言葉ですら疑われるほどの混乱した時代を生きる

一三三五年八月、二条河原《にじょうがわら》に張り出された落書《らくしょ》にも、「此比《このごろ》都ニハヤル物、夜討《ようち》・強盗・謀綸旨《にせりんじ》・召人《めしうど》・早馬《はやうま》・虚騒動《からさわぎ》……」とあり、この世にこれ以上重いものはないと思われていた、天子《てんし》の言葉（綸旨《りんじ》）まで疑われる世になっています。

実際、天皇の名をかたる命令が横行することもあり、また、状況が目まぐるしく変わるために、本物の天皇の言葉も「にせ」と疑われるまでに、ころころ変わ

りもしたのでしょう。召人は逮捕者、早馬は急を知らせる使者、虚騒動はデマによる騒ぎです。

この他、兼好は、足利尊氏・直義《ただよし》兄弟主宰の奉納歌集に、和歌を詠進《えいしん》していま す。世捨て人とは言いながら、浮世と無縁には生きられない姿がうかがえます。

俗世を捨てたはずの法師が、権門勢家《けんもんせいか》の辺りをうろつくのを非難し(第七六段)、洛外《らくがい》に住んでいるはずの僧が、世間の噂話の裏情報までべらべらしゃべるのに眉をひそめています(第七七段)が、これはひょっとすると、自分もそうなりかねないという自戒が込められているのかもしれません。

「口重く、問はぬ限りは言はぬこそいみじけれ(口数を少なくして、自分からは話さないのが立派な態度である)」(第七九段)と言って、知った風にしゃべり散らしたり、聞かれもしないのにしゃしゃり出て話したりする態度に嫌悪を隠しませんが、ひょっとしたら、自戒・反省かもしれないと思うのです。

読みやすい文章とちりばめられた名文句

漢文の歯切れの良さと、やまとことばのやわらかさが融合している

『徒然草』の文章は、歯切れが良くて読みやすいのが特徴です。その理由は、第一に、作者の兼好《けんこう》が、漢文で文章を書くことに親しんでいたことが挙げられます。これは、世界的名作と言われる『源氏物語《げんじものがたり》』が、注釈や現代語訳なしで読めないのとは対照的です。

『源氏物語』や『枕草子《まくらのそうし》』に代表される女流文学は、なぜ、現代の私たちにとって難しいのでしょうか。理由を挙げれば、主語が省かれることが多い、誰のことを言っているのかわからない、句読点もなくダラダラと文章が続く、といったあたりでしょう。

こうした文章が生まれたのは、紫式部《むらさきしきぶ》や清少納言《せいしょうなごん》が、普段自分たちが話してい

るように書いたからではないかと考えられます。当時の女性たちが使っていたのは、〈やまとことば〉です。ただ、〈やまとことば〉では「話し言葉」と「書き言葉」がはっきり分かれておらず、手紙も話し言葉で書かれていました。

自然発生的に生まれた〈やまとことば〉には、文法という概念がなかったように思われます。紫式部や清少納言は漢籍にも親しみ、手紙や物語に書かれる言葉は、しゃべる時ほど野放図ではありませんが、やはり本質は、語りかける言葉であり続けました。物語も、誰かが声に出して読み、傍《かたわ》らにいる人がそれを聞く。つまり、朗読するための文章だったのだと思います。

『徒然草』は漢文とやまとことばの良いとこどり

一方、男性にとっての書き言葉と言えば、漢文でした。漢文には、文章を組み立てる決まり＝文法がありました。「也」や「焉」があると、ここが文の終わりだとわかりますし、〈主語－述語－目的語〉が漢文の構文の基本形です。「何……乎」とくれば疑問文というように、文章の始めと終わりが呼応して構成されるこ

とも多いので、ここからここまでがひとつのまとまりと認識できます。

平安時代から明治初期まで、知識階級の男性の日記は、漢文が中心でした。

兼好も男性で、役所勤めをし、僧になった人です。教養の基礎には、漢文がありました。『徒然草』の文章の、比較的短い文章の積み重ねでつづられている、章段の始めに結論やテーマが置かれる、論理の展開に沿って対句《ついく》が増えるといった点は、どれも漢文の影響と言えるでしょう。

ただ、『徒然草』には、〈やまとことば〉のゆるゆると続く文章もあります。

例えば、「春の暮つかた、のどやかに艶《えん》なる空に、いやしからぬ家の、奥深く、木立ものふりて、庭に散りしをれたる花見過しがたきを、さし入りて見れば……（晩春のころ、のどかでほのぼのと美しい空の下、品ありげな家の奥深く、庭の木立も時を感じさせ、しおれて庭に散った花が見過ごしできない様子なのを、ちょっと入って見ると……）」（第四三段）といったところです。原文を声に出して読んでみてください。途切れることなく続く言葉は、和歌の調べを思わせます。

また、兼好が見聞きしたエピソードや事物を語る時は、漢文調とやまとことば

の折衷《せっちゅう》です。折衷だから、適度に短く、またやわらかい言葉で書かれています。183ページで紹介しますが、第五三段の、宴会芸で大ウケにウケた僧の顛末《てんまつ》を語る筆致の迫真的なことは、古今の名文の名に恥じません。

あいさつにも使いやすい名文句の宝庫

名文句がちりばめられているのも、『徒然草』の魅力でしょう。

私の『徒然草』体験は、小学校六年生の時、母に「すぐ口答えして！」と叱られて、「だって、兼好も『もの言わぬは腹ふくるるわざなり』って言ってるじゃない」と反論したことに始まります。正確には「おぼしきこと言はぬは腹ふくるるわざなれば（思うことを言わないと腹にもたれてふくれるものだから）」（第一九段）ですが、もちろん子どもの私が『徒然草』を読んでいたわけはなく、何かで聞きかじった言葉でした。

しかし、効果は絶大で、母はムッとしつつも、黙ってしまいました。

スパッと言い切る小気味の良さ、漢文調の語調とあいまって、『徒然草』には、「ひ

と言あいさつを」などと求められた時に使いやすい言葉が、あちこちにちりばめられています。

「下戸《げこ》ならぬこそをのこはよけれ（少しは酒をたしなむというのが男としてはよい）」（第一段）、「世の人の心惑はすこと、色欲には如《し》かず（男の心を惑わせることとして、色欲にまさるものはない）」（第八段）、「昔より賢き人の富めるは稀なり（昔から賢人が裕福であった例はめったにない）」（第一八段）、「少しのことにも、先達《せんだち》はあらまほしきことなり（ちょっとしたことでも、案内役はほしい）」（第五二段）、「吉凶《きつきよう》は、人によりて、日によらず（吉凶は、する人によるので、日によるわけではない）」（第九一段）など、枚挙にいとまがありません。

「死期《しご》はついでを待たず（死はタイミングを考えてくれない）」（第一五五段）という警句もあり、「花は盛りに、月はくまなきをのみ、見るものかは（満開の花や雲のかからない月ばかりを鑑賞するのが能ではない）」（第一三七段）という日本の伝統的自然観を伝えるものもあります。

『徒然草』は、話のネタ本としても、言葉の宝庫と言えるでしょう。

江戸時代から「人生の指南書」とされる

ベストセラー『徒然草』はどう読まれてきたのか

兼好の書いた『徒然草』の自筆本は、今、残っていません。現存する最も古い写本は、一四三一年に歌僧・正徹《しょうてつ》が書いたもの。これは、兼好が『徒然草』を書いたと想定されている年代から、ちょうど百年後です。正徹は、何冊かの写本を比べながら、間違いの少なそうな文を選んで書き写したと書いています。

歌人だった正徹は、とくに第一三七段の「花は盛りに、月はくまなきをのみ、見るものかは（花盛りや雲のかからない月ばかりを鑑賞するのが能ではない）」の条《くだり》に感動したようです。自然の風物に対する見方が、和歌や連歌《れんが》を創作する態度と通じていたからでしょう。この後も、正徹の弟子の心敬《しんけい》、その弟子の宗祇《そうぎ》、連歌師の東常縁《とうのつねより》らを通じて、読み継がれていきました。

『徒然草』が一気にブームとなったのは、長い戦乱の世が終わって、江戸時代になってからです。注釈書が、次々に出版されました。

江戸時代になって、『徒然草』が広く読まれるようになった理由のひとつは、それまでの書写本から刊本《かんぽん》、つまり印刷して出版された本へと、本の形が変わったことが挙げられます。本が大量生産され、本の大衆化が進みました。

限られた人だけが読んでいた『徒然草』が、初めて印刷されたのは、一六一三年の「烏丸本《からすまるぼん》」と呼ばれるものです。儒学者・藤原惺窩《ふじわらせいか》の門人である三宅寄斎《みやけきさい》が、当時最高の文化人と言われた歌人・烏丸光広《からすまるみつひろ》に校訂《こうてい》を依頼し、奥書《おくがき》も書いてもらって出版しました。

現在、多くの『徒然草』は、この「烏丸本」を底本《そこほん》とし、他に正徹《しょうてつ》本などの写本を参考にした文章を採用しています。江戸幕府の儒官・林羅山《はやしらざん》が『徒然草』の注釈書「野槌《のづち》」を書いたのは、羅山が三宅寄斎と同じ、藤原惺窩の門人だったからかもしれません。

注釈書のうち、とくに影響力の大きかったのは、松永貞徳《まつながていとく》の「慰草《なぐさみぐさ》」と、北《きた》

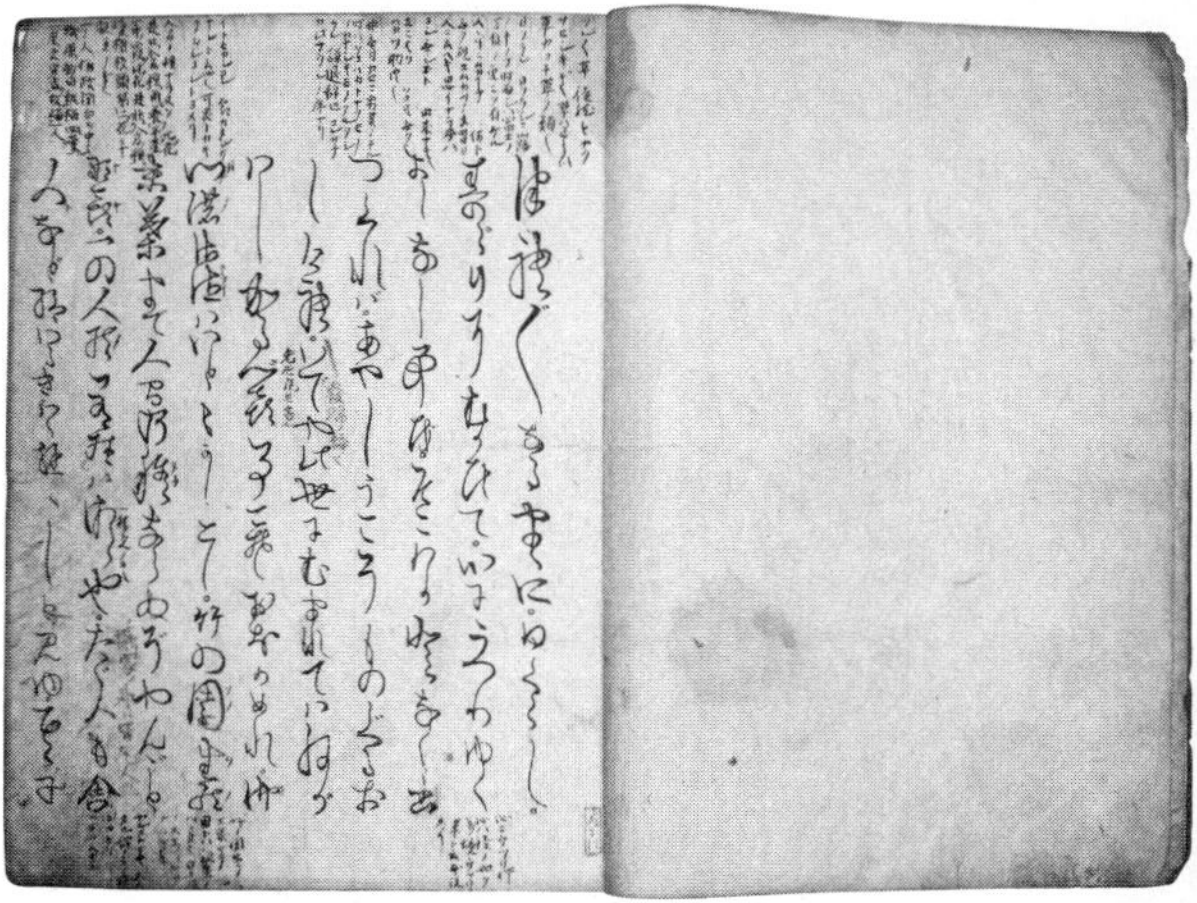

「烏丸本」の序段はじめの部分。上下に書き込みがある。

烏丸本『徒然草』 神奈川県立金沢文庫所蔵

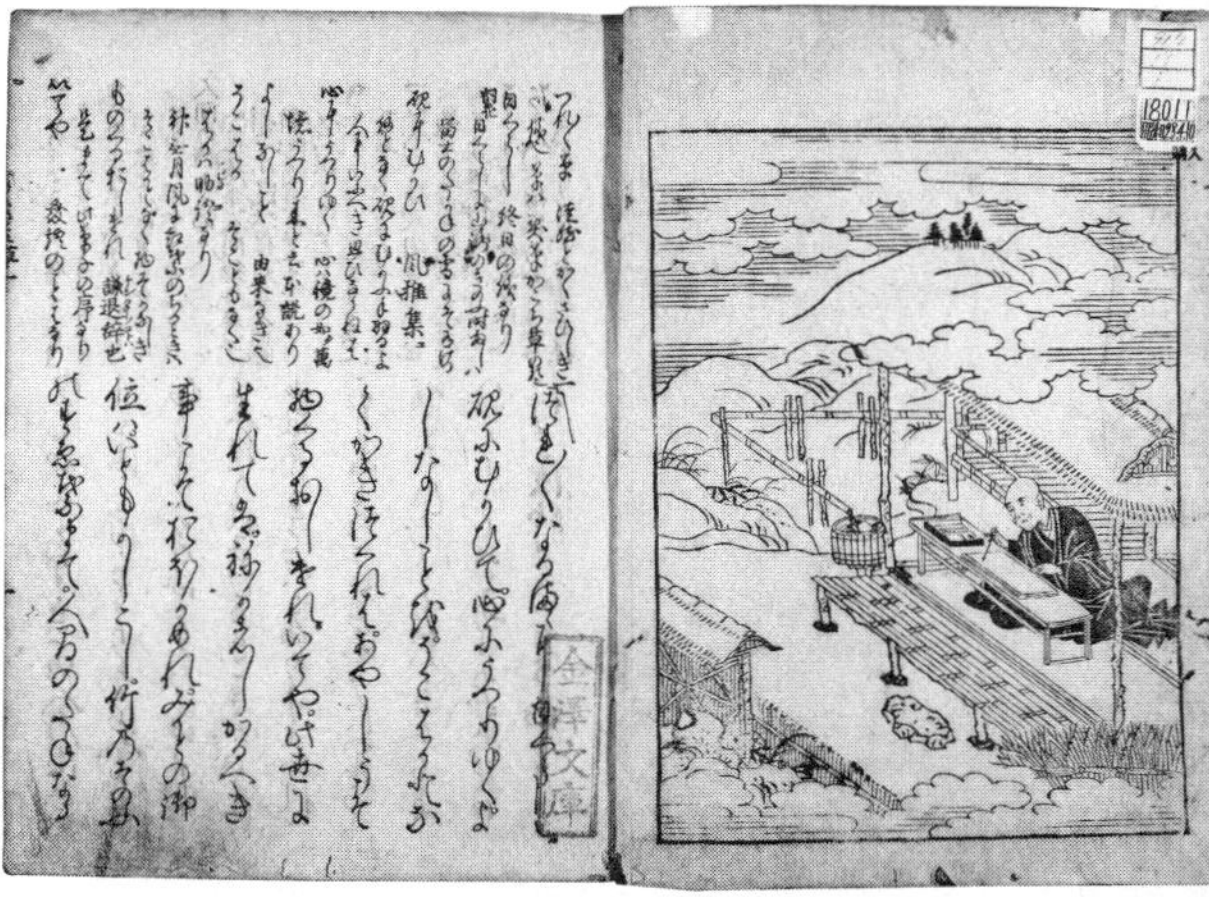

「慰草」の序段はじめの部分。注釈は上のみ。大きな図版が目を引く。

『なぐさみ草』 神奈川県立金沢文庫所蔵

村季吟《むらきぎん》の「文段抄《もんだんしょう》」です。

松永貞徳は、京都の歌人ですが、和歌へ至る練習として俳諧《はいかい》（現在の俳句）を人々にすすめ、全国規模で弟子を擁しました。その影響力は、推して知るべしです。「慰草」に一五七図もの豊富な挿絵が入っていたことも、『徒然草』の大衆化に寄与したことでしょう。

北村季吟は、貞徳の高弟で、芭蕉《ばしょう》の師でもあります。後に、幕府の歌学方《かがくかた》に就任し、『源氏物語《げんじものがたり》』や『枕草子《まくらのそうし》』の注釈書も書いています。古典文学の権威ですから、その注釈書は、いわば決定版とも言うべきものでしょう。

そして、一六八八年には、それ以前に出された注釈書をまとめて整理した「諸《しょ》抄大成《しょうたいせい》」が出版されました。一六八八年は、元号で言うと元禄《げんろく》元年です。経済発展は右肩上がりで、町人文化が花開いた時代です。それまで歌人を中心とする知識人たちに読まれていた『徒然草』は、仏教・儒教・道教（老荘《ろうそう》思想）をうまく折衷した、わかりやすい人生訓として、より広く読まれるようになりました。

兼好には、訳《わけ》知りの粋法師《すいほうし》、酸いも甘いも噛み分ける世捨て人、悠々自適の隠

『徒然草』の主な注釈書

書名	通称	著者	刊行年
徒然草抄《しょう》	寿命院抄《じゅみょういんしょう》	秦宗巴《はたそうは》	1604年
徒然草	刊本・烏丸本《からすまるぼん》	烏丸光広《からすまるみつひろ》 奥書《おくがき》	1613年
埜槌《のづち》	野槌《のづち》	林羅山《はやしらざん》	1621年（成）
南倶左見草《なぐさみぐさ》	慰草《なぐさみぐさ》	松永貞徳《まつながていとく》	1652年ごろ
徒然草抄	磐斎抄《ばんさいしょう》	加藤磐斎《かとうばんさい》	1661年
徒然草句解《くかい》	句解	高階楊順《たかしなようじゅん》	1665年
徒然草文段抄《もんだんしょう》	文段抄	北村季吟《きたむらきぎん》	1667年
徒然草諺解《げんかい》	諺解	南部草寿《なんぶそうじゅ》	1669年
徒然草大全《たいぜん》	大全	高田宗賢《たかだそうけん》	1677年
徒然草参考《さんこう》	参考	恵空《えくう》	1678年
徒然草拾遺抄《しゅういしょう》	拾遺抄	黒川由純《くろかわよしずみ》	1686年（跋）
徒然草諸抄大成《しょしょうたいせい》	諸抄大成	浅香久敬《あさかひさたか》	1688年

上記の他に、極彩色の絵本や絵巻も描かれ、大衆化に寄与した。

居生活をおくる読書人というイメージが定着し、『徒然草』も通俗的な処世訓というとらえ方が主流になり、それは明治時代まで続きます。芥川龍之介《あくたがわりゅうのすけ》が、『侏儒《しゅじゅ》の言葉』の中で、中等教育（現在の高校）の教材に使うのに便利である、と言っているのは有名です。古典文学の入門書としてちょうど良い——文章の読みやすさと、題材の面白さから、こうした先入観が大勢を占めていたのです。

通俗的な処世訓から、悩める人間性への共感へ

自分を知識人・文化人であると自負する人が、わかりやすく書かれた本や、面白い本を「低俗」と評価するのは、昔から今に至るまで、なかなか変わりません。夏目漱石《なつめそうせき》も、小説の中で、難解な原書を広げて読みかけては眠ってしまうインテリを戯画《ぎが》化しています。読みやすい文章、畳み掛けるような運びで読者を引き込むレトリック——『徒然草』は、難しそうな顔をして読書をする人からは、暇つぶしの本と思われたのかもしれません。

冷遇されていた『徒然草』が見直されたのは、大正時代になってからです。俳人・沼波瓊音《ぬなみけいおん》の『徒然草講話』が一九一四（大正三）年に出版され、長く名著とされています。

また、歌人の与謝野晶子《よさのあきこ》（一九一六年）や、詩人の佐藤春夫《さとうはるお》（一九三七年）が現代語訳に挑み、昭和を経て、平成の時代に入っても、『徒然草』は読み継がれています。とくに、ここ十年ほどは、いろいろな解説本が出版され、ブームと言っても良いほどです。

解説本にせよ、現代語訳本にせよ、こう読むと良いといったものはありません。どのように読んでも、兼好は「どうぞ好きなように」と言ってくれるでしょう。息苦しい世の中を、どうしたら楽に生きることができるのか、どうしたら安心して死ねるのか。七百年前に、そうしたことを考えながら悪戦苦闘していた兼好が記した『徒然草』――これを読んで見えてくるのは、自分自身の生き方なのかもしれません。

パート2

人

～勝とうとしない生き方

勝とうとするな。でも負けるな

勝負事で勝つな、という逆転の発想に込められた真意を知る

人に勝ちたい、人より上に立ちたいというのは、人の本性です。しかし兼好は、勝ってはいけない、偉そうな顔をしてはいけないと言います。とはいえ、兼好も勝ちたい気持ちは抑《おさ》えがたかったようで、勝たず負けない方法を、双六《すごろく》の達人に聞いています。

[1]双六の上手といひし人に、その[2]行《てだて》を問ひ侍《はべ》りしかば、「勝たんと打つべからず。負けじと打つべきなり。いづれの手かとく負けぬべきと案じて、その手をつかはず

1：十二の筋を引いた盤に、黒と白各十二の石（駒）を並べて、ふたりでサイコロを振り、駒を進めて勝負を争

して、一目《ひとめ》なりともおそく負くべき手につくべし」と言ふ。（第一一〇段）

双六の名人に、その必勝法を聞いたところ、「勝とうとしてはいけない。負けないように打つのだ。どの手が早く負けそうか考えて、負ける手を使わずに、一目でも相手より遅く負ける手を使うのだ」と言った。

うゲーム。しばしばギャンブル性を帯び、禁令が出た。

2：手立て。方策、工夫。

他人に勝つ、または勝とうと野心をむき出しにすると、どうなるでしょうか。敗者の恨《うら》みをかい、周囲から妬《ねた》まれます。

会社内の出世レースでは、同期の中から頭ひとつ抜け出した人が、あるところから足踏みして部長止まり、二番手三番手で来た人が役員になる、というケースが見受けられます。また、マラソンでは、より戦略的にこの手が使われます。

勝負事での心得

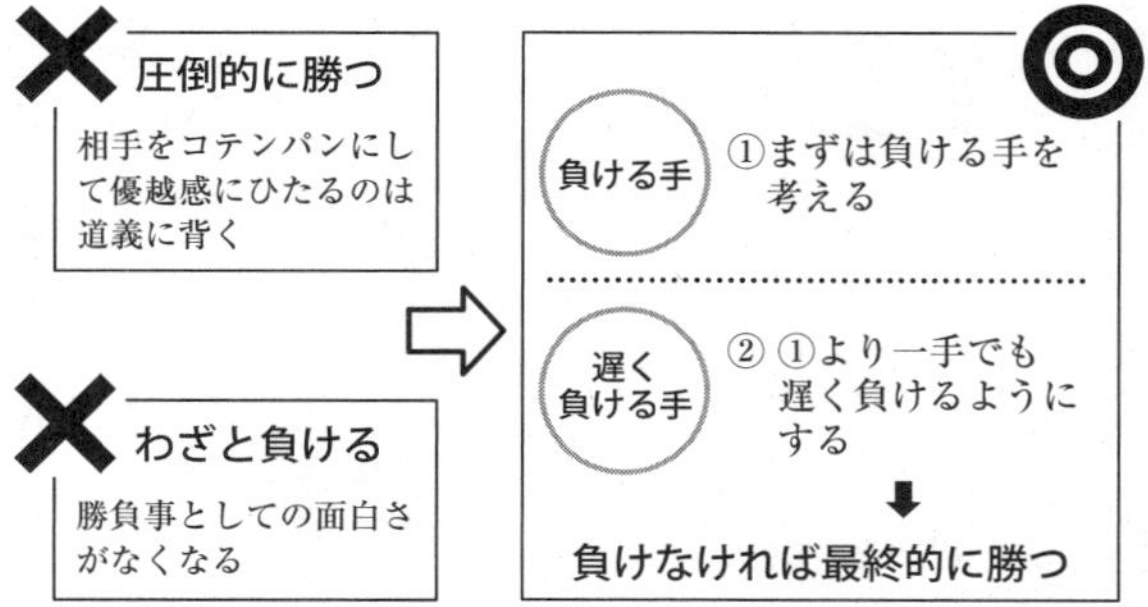

勝敗による争いが起こらないようにという考えが根本にある。

トップ集団の真ん中にいて、ラストスパートで二番手から飛び出して行く――テレビ中継でよく見る場面です。

人は、何のために勝負事をするのでしょうか。兼好は、勝って良い気持ちになるためだと言います（第一三〇段）。

しかし、負けた方はおもしろくないに決まっています。勝《か》ち気《き》に走れば走るほど、相手や周囲に目配りできなくなり、たとえ勝っても恨みが長く残ります。

理想的な勝ち方は、かなり長い時

間がたってから、他人が「あいつ、うまいことやりやがったなぁ」とか、「結局あの人が良いところを持っていったわけだ」と気がつくパターンです。もう昔のことになっていて、今さら恨み言《ごと》を言ってもはじまらない、それが理想でしょう。もっと良いのは、あなたが勝ったことに誰も気がつかないこと。しかし、それでは満足できないでしょう。人は、勝ったことを認めてもらいたい生き物だからです。

学べば学ぶほど勝つことの無意味さがわかってくる

兼好は、いわゆる「勝ち組」だったのでしょうか？　歴史的には、それほど偉くなったわけではありませんが、彼にとって『徒然草』を書き残すことが、勝ったことの認知作業だったのかもしれません。

彼が人に勝《まさ》っている部分は、おそらく学識や才芸《さいげい》でしょう。だから、こう述べています。

人にまさらんことを思はば、ただ学問して、その智《ち》[1]を人にまさらんと思ふべし。道[2]を学ぶとならば、善にほこらず、輩《ともがら》[3]にあらそふべからずといふことを知るべきゆゑなり。大きなる職をも辞し利をも捨つるは、ただ学問の力なり。（第一三〇段）

人に勝とうと思うなら、ひたすら学問に励《はげ》んで、その学識で人より優《すぐ》れた存在になるしかない。『論語』に学べば、自分の長所をひけらかさず、同輩と争ってはならないことがわかるからだ。顕職《けんしょく》をもあえて辞め、利益も放棄するのは、学問の力によるのだ。

1：知識・学問。
2：人の道。
3：仲間・同輩。

人に勝ちたいという本性を満足させつつ、波風を立てないためには、学問する

しかないという結論にたどりついたと、兼好は言います。ただこれは、かなり無理しているようにも思えます。歯を食いしばって、「勝たないぞ。勝っても勝ったふりをしないぞ」と言っているように読めます。

「勝つと思うな　思えば負けよ（負けろ）」というのは、美空《みそら》ひばりのヒット曲「柔《やわら》」ですが、同じ勝つのでも、「どうだ、勝ったぞ！」と言うのと、「何とか負けずにすみました」と言うのでは、天と地ほどの差があります。後者をいや味だと思う人もいるでしょう。

人が狭い世界で生きるのは過去も現代も同じ

兼好が生きたのは、流動性の少ない、皆《みな》が顔見知りの社会です。ちょっとした言動も、歌会などの公的な場面の評価も、すぐにさざ波のように伝わっていきます。そこでは、身の振り方によほど気をつかわないと、生きていけませんでした。

会社内や学校内という狭い社会で生きざるを得ない私たちにとっても、他人事《ひとごと》ではありません。うっかり言ったひと言《こと》が、自分の意図から飛躍して伝わる事件

はよくあることです。

誰かと論争する場合でも、相手のもっとも痛い急所が見えてくることがあります。「この急所を突けば、相手はグウの音も出ない。そこをギュッと押さえて……」と、その一矢を放ちたい誘惑は強烈ですが、急所を突かれた相手は必ず、その急所が当たっていればいるほど否定し、話は決裂します。

勝利に酔って、絶交で良いなら話は簡単ですが、世の中そうはいきません。必ず続きがあります。急所を外して、その周囲ぐるりをじわじわと攻めることによって、相手のメンツをつぶさず、容易に勝利を手にすることもできるのです。

「勝たんと打つべからず。負けじと打つべきなり」（第一一〇段）

双六の達人の言葉という卑近な例から、兼好は「身を修め、国を保たん道」のヒントを得ました。

よく知っていることこそ慎重に発言せよ

京都人に学ぶ最上の処世術。それは、もめごとから逃れること

けんかやもめごとは、その内容よりも、言い方が原因であることが多いものです。「何だ、その言い方は！」とは、よく聞く言葉です。

京都人の兼好は、ものの言い方に敏感でした。

（ある若者が）人と物言ふとて、[1]史書の文《もん》を引きたりし、賢《さか》しくは聞えしかども、[2]尊者《そんじゃ》の前にてはさらずともと覚えしなり。（第二三二段）

1：『史記』、『漢書』など。
2：年上、目上の人。

（ある若者が）人と話をする際に、中国の歴史書の文章を引用していた。賢そうだとは思ったが、目上の人の前で話をする時にはそこまでしなくともと思われた。

同じ話をするのに、自説を権威ある本で補強するのはよくあること。兼好だけでなく、日本の古典や文化は引用で成り立っていると言っても過言ではありません。しかし、○○のどこそこにこう書いてある、などと言うのは、権威に寄りかかるのと同時に、自分の知識をひけらかすことにもなり、うっとうしいものです。

そこで、どうするか。

[1]大方《おおかた》は、知りたりとも、[2]すずろに言ひ散らすは、さばかりの才《ざえ》にはあらぬにやと聞え、[3]おのづから誤りもありぬべし。「[4]さだかにもわきまへ知らず」など言ひたるは、なほ、まことに、[5]道の主《あるじ》とも覚えぬべし。（第

1：一般的に言うと。
2：やたらとしゃべりまくる。
3：たまには、自然と。
4：はっきりとは。

（一六八段）

一般に、知っていることでも、やたらにしゃべりまくると、それほどの学識・才能ではないのかもしれないと思われるし、（多くしゃべるうちには）なかには間違いも出てくるだろう。「はっきりとは存じませんが」などと言っているほうが、やはり本当に、その道の大家だと思われそうだ。

5：専門領域の大家、権威者。

生活の知恵が生みだした京都人の習慣

京都人がよく口にするという「よう知りませんのやけど……」という、口切りのあいさつがあります。何か聞かれて説明するとき、得々として「それはですねえ」などと偉そうに言うものではないという習慣、しつけが身にしみついている

とも言われます。聞いた相手がもっと良く知っている場合もあるし、自分を試しているかもしれないという慮《おもんぱか》りかもしれません。

これが、他所《よそ》の人間からすると、慇懃無礼《いんぎんぶれい》とか「カッコつけちゃって」とか非難される所以《ゆえん》ですが、用心深く生きてきた京都人の習性でしょう。

第六七段では、上賀茂《かみがも》神社を訪れた兼好が、在原業平《ありわらのなりひら》を祀《まつ》る岩本社《いわもとしゃ》と藤原実方《ふじわらのさねかた》を祀る橋本社《はしもとしゃ》について尋ねたところ、ひと通りの説明をした後に、「おのれらよりは、なかなか御存知《ごぞんじ》などもこそ候《そうら》はめ（私などより、あなたのほうがよくご存知でしょう）」と言った神職の態度を賞讃しています。

よく知っていることこそ発言には注意する

洛中《らくちゅう》という狭い世間は、流動性に乏しく、それでいて今日の権力者が明日は違う者にとって代わられることが日常茶飯事の社会です。平安時代からずっとそうでした。上は代わっても、下にいる人間は同じところで生きていかなければなりません。とは言うものの、違う方針にふり回されるのが下の者の常。巻き添えに

ものの言い方の違い

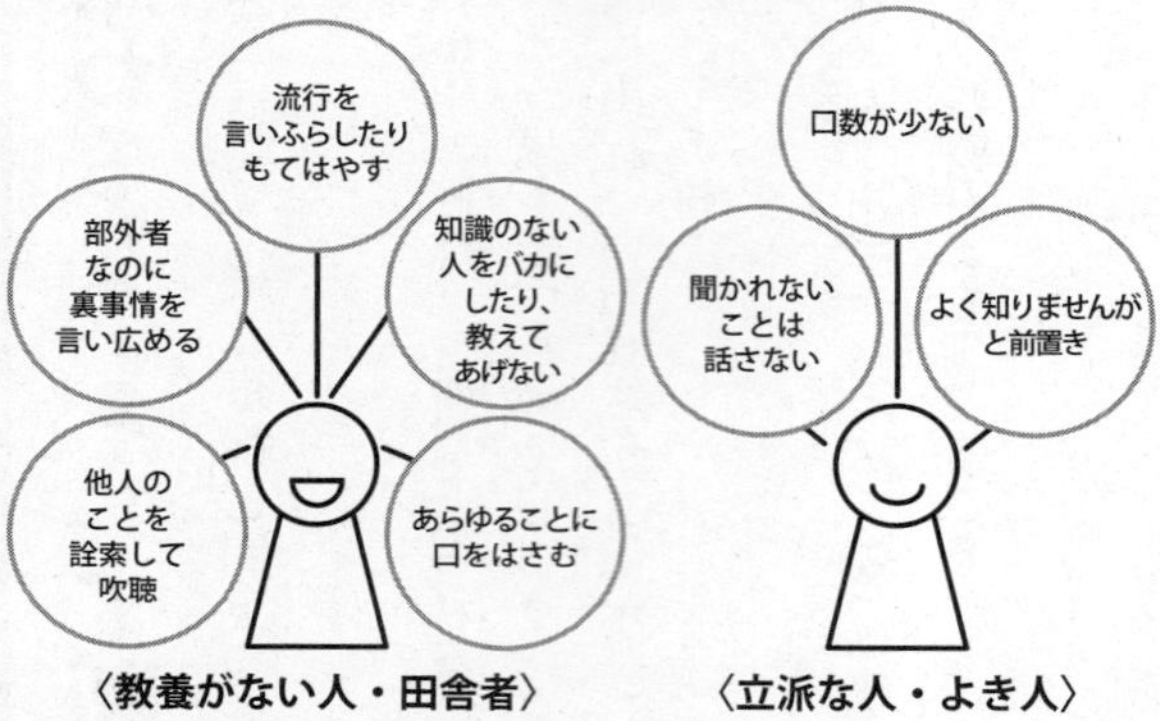
流行を
言いふらしたり
もてはやす
部外者
なのに
裏事情を
言い広める
知識のない
人をバカに
したり、
教えて
あげない
他人の
ことを
詮索して
吹聴
あらゆることに
口をはさむ
〈教養がない人・田舎者〉
口数が少ない
聞かれない
ことは
話さない
よく知りませんが
と前置き
〈立派な人・よき人〉

情報量や知識を誇ることは教養のない人のやることだと兼好は断じた。

ならないことが処世の第一です。

京都人もそのようにして代々生きてきました。だから、誰に対しても良い顔をする――それは生活の知恵なのです。

「よくわきまへたる道には、必ず口重く、問はぬ限りは言はぬこそいみじけれ」（第七九段）

よく知っていることこそ慎重に発言しろ、自分からはしゃべり散らさないのが良い、と兼好は言います。

断わるな。そして断定もするな

千年も昔から続く京都と関東の断絶――その深層とは

争いを極力避け、言質《げんち》をとられることを恐れる京都人を、鎌倉からやって来た人々はどう思っていたのでしょう。京都悲田院《ひでんいん》の住職を務める尭蓮《ぎょうれん》上人（相模国の三浦氏出身といわれるが、伝未詳）のもとに、故郷から人が来て、次のように言ったそうです。

「[1]吾妻人《あづまびと》こそ、言ひつることは頼まるれ、都の人は、[2]ことうけのみよくて、まことなし」（第一四一段）

1：関東地方の人。
2：口先の返答ばかり良くて。

「東国の人間は言うことがあてになるが、都人は口先ばかりよくて、誠実味がない」

これに対して、尭蓮上人は、次のように弁解しました。

「（都人は）なべて心やはらかに情《なさけ》あるゆゑに、人の言ふほどのこと、[1]けやけくいなびがたくて、よろづえ言ひはなたず、心よわくことうけしつ。（中略）（吾妻人は）ひとへに[2]すくよかなるものなれば、はじめより否と言ひてやみぬ。[3]にぎはひゆたかなれば、人には頼まるるぞかし」（第一四一段）

「都人は心が温和で情があるために、人から頼まれる

1：きっぱりと拒みにくく。
2：剛直、率直で無愛想な。
3：富み栄え、裕福なので。

と、きっぱりと断わりにくく、何でもズバズバと言えずに、気弱に承諾してしまう。〔中略〕
　東国人は、むやみに剛直だから、最初からいやだと言ってしまいにする。〔東国は〕物が豊かで栄えているから、人に頼りにされるのです」

　七百年も昔の話とは思えない人もいるでしょう。

「京のぶぶ漬け（茶漬け）」という話も有名です。早く帰ってほしい客に、遠回しに「もう食事時だから」と言う代わりに、「ぶぶ漬けでもどないどすか？」と言い、真に受けて「いただきます」とでもこたえようものなら、後でバカにされてしまうのです。

　底意《そこい》が知れないという悪口に使われる話で、これは伝説に過ぎないと京都人は抗弁しますが、長くこの噂《うわさ》が消えないところに、他国人の京都人への視線が伺《うかが》え

ます。

ビジネスでも言質をとられないようにする京都人

商談でも、すぐには断わりません。「考えておきます」と言うのです。これは、大阪辺りでもそのようです。東京から来たビジネスパーソンは、最初の訪問からしばらくして「考えてくださいましたか?」と聞きに行きます。京都人は「何寝ぼけてんねん」——と思っても、もちろん口には出しません。

「良いお話ですが、少々難しいところもあって……」

「どこが問題でしょうか。あらためさせていただきますが」

「(エェ、わからんお人やなァ) まァ、どこと言っても、そのォ……」

「(はっきりさせてくれよ) では、いかが致しましょうか」

「(そやから、断わってんのや) ……」

決着がつきません。

兼好は、尭蓮上人に「(東国人は) にぎはひゆたかなれば」と言わせています。

このころ、政治権力は鎌倉幕府が握り、財政権もほぼ鎌倉にありました。中国との貿易も鎌倉中心で、京都人が豊かな暮らしを求めて鎌倉に行くことは珍しくありませんでした。

『十六夜日記《いざよいにっき》』を書いた阿仏尼《あぶつに》は、息子・藤原為相《ためすけ》（定家《さだいえ》の孫、為家《ためいえ》の息子）の相続権を主張するために、京都では埒《らち》があかないので、鎌倉まで直訴に来ました。『十六夜日記』は、そのときの紀行文です。また、兼好の主人筋とされる堀川家の基俊《もととし》は、京の検非違使《けびいし》長官（検察庁長官と警視庁長官を兼ねたような顕職《けんしょく》）を務めた人ですが、後に鎌倉将軍の下で働いて定住し、亀ケ谷《かめがやつ》家をおこしました。

兼好も東国に人脈があり、因縁浅からぬ関係がありましたが、それでも東国人への差別的感情があらわで、尭蓮上人のことを、

この聖《ひじり》、声[1]うちゆがみ、荒々しくて、聖教《しやうげう》[2]の細やかなる理《ことわり》いとわきまへずもやと思ひし（第一四一段）

1：発音に訛りがある。
2：仏典の精密な教理。

この尭蓮上人は、訛りがあって話し方が荒く、仏の教えを説いた経典の精密な教理をよくはわかっていないのではないかと思っていた。

と、書いています。

これが、69ページで紹介した、京都人をかばう弁解を聞いて見直した、と言って第一四一段が終わるのですが、もちろん兼好は自身の「上から目線」には無自覚です。今や世界的なブランドと言われる「京都」。京都人のプライドの高さも、兼好の時代からこうだったと思えば……。

「けやけくいなびがたくて、よろづえ言ひはなたず」（第一四一段）

きっぱりと断わらず、何でもズバズバと言わない――この変わらなさが、京都が千年の都と言われる所以《ゆえん》なのかもしれません。

賢人を見習おうとする人は賢人である

偽善もまた善。人は皆生まれたとき、真似から出発する

「所詮、俺はだめな人間だ」「どうがんばったって『勝ち組』にはなれない……」。普通の人間は、そんな敗北感と戦いながら生きています。しかし、あきらめるな！　あなたにも私にも、何とかなる道がある。それは、目標とする人の真似をすることだと、兼好は励まします。

狂人の真似とて大路《おほぢ》を走らば、すなはち狂人なり。悪人の真似とて人を殺さば、悪人なり。[1]驥《き》を学ぶは驥の類《たぐひ》、[2]舜《しゅん》を学ぶは舜の徒《ともがら》なり。偽りても賢《けん》を学ばんを賢といふべし。（第八五段）

1：一日に千里走ると言われる名馬。
2：古代中国の伝説的聖帝。為政者の手本とされた。

狂人の真似だと言って大通りを走ったなら、それは狂人そのものだ。悪人の真似だと言って人を殺したら、悪人になる。伝説の名馬・驥に習おうとする馬はすでに驥の仲間であり、伝説の聖帝・舜を手本にしようとする人は舜の仲間である。見せかけでも賢人を見習おうとする人は賢人と言える。

舜とは、古代中国の伝説上の皇帝です。自分より弟を愛する父と継母に何度も殺されそうになりながらも、父母に孝養《こうよう》を尽くし、弟を愛し、やがて聖帝・堯《ぎょう》（これも伝説の皇帝。暦を定めた）の後を継ぎ、治水に力を注いだとされる人物です。その父母弟に対する犠牲的孝養は、とうてい人間業《わざ》ではありません。神話なればこそ、受け入れられる話です。しかし、儒教で育った男性たちは、建前にしろ、堯舜の時代を理想の治世としてきました。

そして兼好は、建前でも良い、舜を手本にしようとする気があるなら許せると言うのです。

何か「縁」がなければ利益は得られない

たとえば、「犬将軍」と悪口を言われる徳川五代将軍・綱吉《つなよし》は、儒教を学び、理念としては、生きとし生けるものを慈《いつく》しむ政治をしようとした人物です。犬を大事にしすぎてズッコケましたが、彼の生類憐《しょうるいあわれ》みの令のおかげで、このころから捨て子が法律で保護されるようになったのです。

筆を取れば物書かれ、楽器を取れば音《ね》を立てんと思ふ。盃《はい》を取れば酒を思ひ、賽《さい》を取れば攤《だ》[1]打たんことを思ふ。心は必ず事に触れて来《きた》る。かりにも不善の戯《たはぶ》れをなすべからず。

1：サイコロを使う賭博。二個のサイコロを振って目の数で競う。

あからさまに[2]聖教《しやうげう》[3]の一句を見れば、何となく前後の文《もん》も見ゆ。卒爾《そつじ》[4]にして多年の非を改むることもあり。かりに今、この文を披《ひろ》げざらましかば、このことを知らんや。これすなはち触るる所の益《やく》なり。（第一五七段）

筆を手にすれば何か書きたくなり、楽器を手に取ると音を出したいと思う。盃《さかずき》を手にすれば酒を飲みたくなり、賽《さい》を取れば博打《ばくち》を打ちたくなる。心は必ずものに触れて引き起こされる。だから、仮にもよからぬ戯《ざ》れごとをしてはならない。

ほんの少しでも仏典の一句を見れば、何となくその前後の文章も目につく。そのとき突然、（目がさめたよう

2：ほんのちょっと。
3：仏教の教えを説く仏典。
4：にわかに。突然。

に）多年の自分の非を改めることもある。もし今、この仏典を広げなければ、自分の非を悟るだろうか。これがつまり縁あっての利益である。

人は形から入ることも多いものです。ジョギングをはじめようとして、まず高級ブランドのランニングシューズを買い、スポーツウェアを揃《そろ》え……。でも兼好は、それで良い、その気になったのだからと、言います。

「偽りても賢を学ばんを賢といふべし」（第八五段）

ホコリを被《かぶ》ったランニングシューズを見ると、またがんばってみようと思うかもしれません。めげずに志を持ち続けましょう。

何かをしてみるのは尊い行い

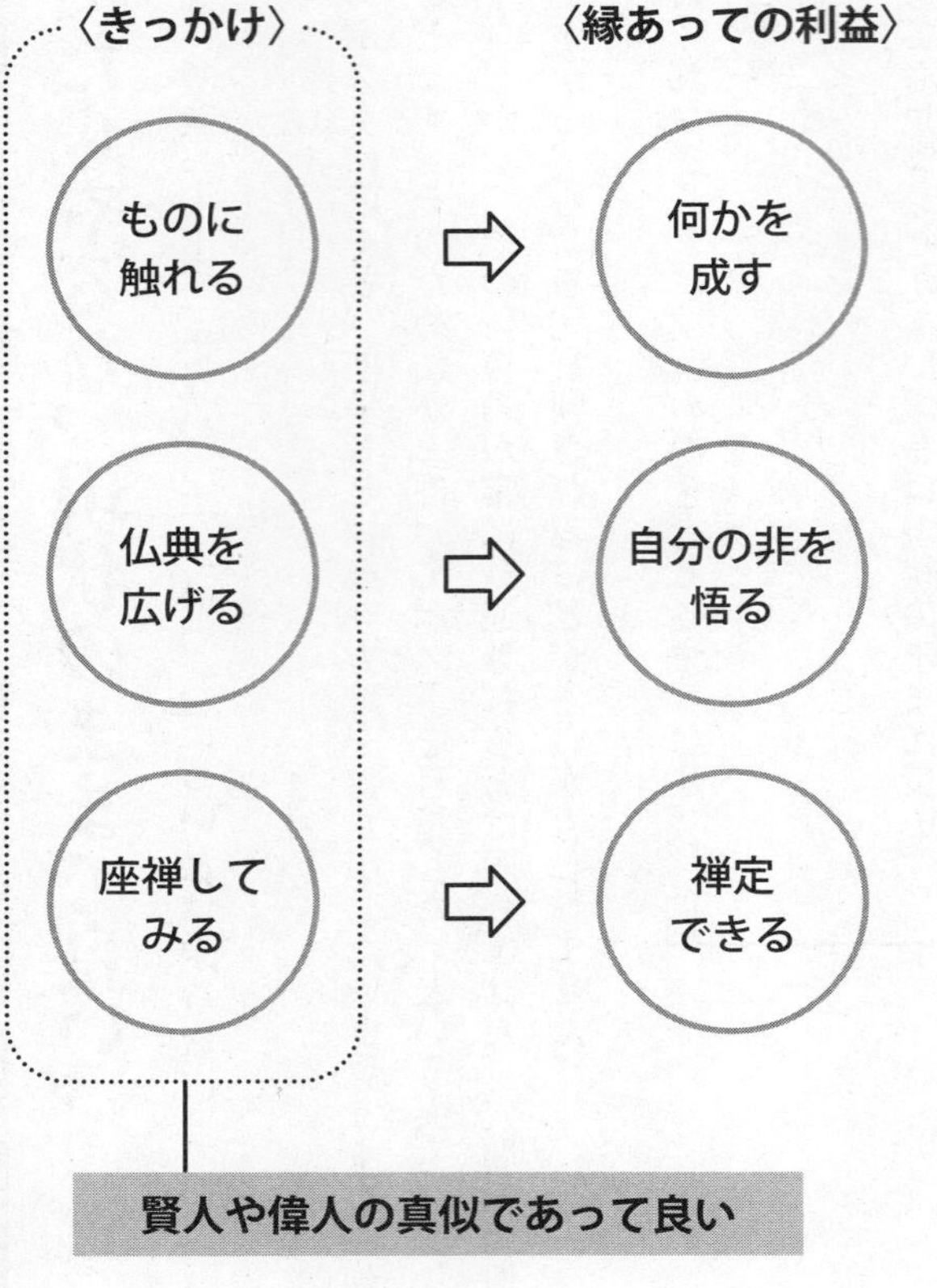

兼好は、何かをしてみようと思うだけでも良いことだと考えた。

迷ったらやるな。現状のままで良い

改正か、改悪か――「チェンジ」がいつも正しいとは限らない

新しいポストに就くと、前任者とは違う方針を打ち出したいと思う――これは当然のことです。そのためにがんばってポストを目指した、という人もいることでしょう。しかし、その新機軸が常に歓迎されるとは限りません。人間は習慣の生き物ですから、むしろ、批判されることが多いかもしれません。

改めて益《やく》なきことは、改めぬをよしとするなり。

(第一二七段)

改めても良いことがない場合は現状のままが良い。

心に響いたこととして、このようなことも述べています。

しやせまし、せずやあらましと思ふことは、おほや[1]うは、せぬはよきなり。（第九八段）

1：大概は。

しようかしら、しないでおこうかしらと思うことは、大抵は、しないほうが良い。

これは、『一言芳談《いちごんほうだん》』という書物に記された明禅法印《みょうぜんほういん》という名僧の言葉を、兼好が引用したものです。

また、第九九段にも、改めようとして妨《さまた》げられた話を収めています。太政大臣《だじょうだいじん》の堀川相国《ほりかわのしやうこく》（源基具《みなもとのもととも》）は、美男で裕福であり、何につけてもきらびやかなことを好む人物でした。この堀川相国は、兼好が仕えた堀川家の先代の主で、当時二十五歳の次男・基俊《もととし》（72ページ参照）を検非違使《けびいし》長官に任官させさせました。

若年の息子を検察・警察の長に据え、実務を父が執るのは、この当時多かったようで、役所も長官の私邸に設けられる習慣だったので、古い文書の入った唐櫃《からびつ》（足つきの長持《ながもち》のような箱）が持ち込まれます。その唐櫃が、古びてあちこち剥《は》げたり欠けたりしているのを見苦しいとして、派手好きの堀川相国は新しくつくり変えようとしました。

ところが、古くからの先例を知る官僚たちが、「この唐櫃はいつから使われているか、起源もわからないくらいで、数百年は経っているものです。代々使われてきたことに値打ちがあるのです」とつくり変えることを拒否しました。さすがの堀川相国も諦めたという顚末です。

兼好は、何ごとによらず、古いもの、古い言葉を好みました。

この話は、兼好の幼児期のころなので、多分時が経って堀川家ゆかりの人から昔話として聞いたのでしょう。そして、つくり変えられなかったと聞いて、「やっぱりね」とニンマリしたのではないでしょうか。

迷信や俗信ではなく自分なりの理屈を信じる

兼好も、何でも先例通りにするのが良いとまでは言いません。徳大寺実基《さねもと》（一二〇一～七三年）という、後嵯峨院《ごさがいん》の側近で太政大臣《だじょうだいじん》だった人物のエピソードをふたつ紹介しています。

ひとつは、これも息子の公孝《きんたか》（当時十五歳）を検非違使別当にした時、下級役人の牛車《ぎっしゃ》の牛が庁舎内に入り込んで、長官の座に横たわるという事件が起こりました。人々は牛を陰陽師《おんみょうじ》に引き渡してお祓《はら》いするよう進言しましたが、「牛に分別なし。足あれば、いづくへか登らざらん」と言って、出勤に必要なたった一頭の痩せ牛を下級役人から取り上げるのを避けたという話です（第二〇六段）。

もうひとつは、後嵯峨院が一二五五年に、嵯峨に離宮（現在の天龍寺）を造営した時のこと。冬眠していた何匹もの蛇が、大きな塊になっていました。人々は土地の神様だと恐れたものの、実基は「祟《たた》りなんかない！　蛇を掘り捨てよ」と命じ、その後、何の祟りもなかったという話です（第二〇七段）。

また、第九一段では「吉凶《きつきよう》は、人によりて、日によらず（日の良し悪しは、その人による）」とも言い、吉日を選んでも、うまくいかないことはうまくいかないし、「吉日に悪をなすに、必ず凶なり。悪日に善を行ふに、必ず吉なり（いくら吉日でも悪事をすれば凶になり、凶日でも善いことをすれば吉になる）」と言っています。仏滅に結婚したカップルが不幸になるとは限らないのは自明の理。兼好は、先例ばかりを尊重したわけではなく、それなりの理屈を持っていたのです。

改革、カイゼン、革命、改正……現状を変えるのは、勇ましくて見栄《みば》えがします。とりあえず変えてみるのもありですが、取り返しのつかなくなることもあります。現状で不便がないこと、不満の声が大きくないことは、そっとしておいたほうが良いのか……。悩ましいことです。

「改めて益なきことは、改めぬをよしとするなり」（第一二七段）

兼好の守旧主義は、尚古主義と呼ぶべきかもしれません。

一芸に達した者の言動には必ず一理ある

失敗や間違いは、もう大丈夫だと思ったところで起こるもの

兼好は、身分の上下を問わず、その道の専門家の言動に興味を持って、多く書き残しています。

有名なのが、「木登りの名人」（第一〇九段）です。

木登りの名人と名高い男が、人を指図して、高い木に登らせて梢《こずえ》を伐《き》らせていた時のこと。とても危なそうに見えた時は何も言わず、軒の高さくらいまで降りた時に、「ケガをするな、気をづけて降りろ」と声をかけました。それを見ていた兼好は、「それくらいの高さなら、飛び降りても大丈夫だろう。どうしてそんなことを言うのか」と名人に聞きます。

すると名人は、次のように答えます。

「そのことに候《さぶらふ》。目くるめき、枝危きほどは、おのれがおそれ侍《はべ》れば申さず。誤《あやま》ちはやすき所になりて、必ず仕《つかまつ》ることに候」（第一〇九段）

「そのことでございますよ。目がくらんで、枝が折れそうな時は、自分で怖くて気をつけますので、何も言いません。間違いは、もう大丈夫というところになって、必ず起こすものでございます」

この名人は、植木屋の親方といったところでしょうか。兼好が「人」ではなく「男」と書いているので、身分の低い庶民であることがわかります。56ページで紹介した双六の名人の言葉と同じく、達人ならではのひと言《こと》です。

兼好は、プロとアマの違いを、こう述べています。

[1]よろづの道の人、たとひ[2]不堪《ふかん》なりといへども、[3]堪能《かんのう》の非家《ひか》の人に並ぶ時、必ずまさることは、たゆみなく慎《つつし》みて軽々しくせぬと、[4]ひとへに自由《じいう》なるとのひとしからぬなり。（第一八七段）

何によらず、その道の専門家は、たとえ未熟だとしても、上手な素人《しろうと》と比べれば、必ず優《すぐ》れている。それはなぜかと言うと、常に怠《おこた》りなく油断せず、軽率にふるまわないからで、その点思いのままにふるまう素人と同じにはならない。

1：何によらずその道の専門家。
2：未熟、下手。
3：上手なアマチュア。
4：ひたすらに、もっぱら。

素人は芸や技を自己表現の場ととらえ、自分の好みを優先しますが、専門家は自分の考えもさることながら、古くから伝わる型や技術をおろそかにしません。

それを守旧主義と批判するのは簡単ですが、一度崩れてしまった芸を復活するのは至難です。日本の古い芸能は、守旧の上にほんの少しずつの新しい工夫が加わって続いてきたものが多くあります。

思い上がって突っ走るのは素人の証

仕事でも、新進気鋭の才能あふれる新人は、古い習わしを無視しがちです。かつて一九六六年ごろ、「造反有理《ぞうはんゆうり》」という標語が流行《はや》りました。まずぶっ壊してみる、そうすれば自《おの》ずと新しいものができてくるという気分があふれていました。古いものを壊さないと、新しいものの出番がない――それも一理ありますが、古くから続いてきたものにも意味があるでしょう。

第一八七段の締めくくりは、こうです。

巧《たく》みにしてほしきままなるは、失《しっ》の本なり。（第一八七段）

巧みであっても、勝手気ままであるのは、失敗の原因である。

素人は天狗になりやすいのです。

また、兼好は乗馬の名手と言われたふたりの人物を挙げ、そのふたりが実に用心深かったと述べています。

ひとりめは、敷居を軽やかに跳び越えた馬を「気が立っている」として乗らず、また敷居に脚をぶつけた馬を「勘がにぶい」として馬を替えるほど（第一八五段）。ふたりめは、馬はもちろん、馬具一つひとつを充分に観察・点検するのを忘れない人物です（第一八六段）。

そして、このエピソードから、「道を知らざらん人、かばかり恐れなんや（その道に通じているからこそ用心深いのだ）」と結論づけています。

さらに、こうも述べています。

素人と玄人の違い

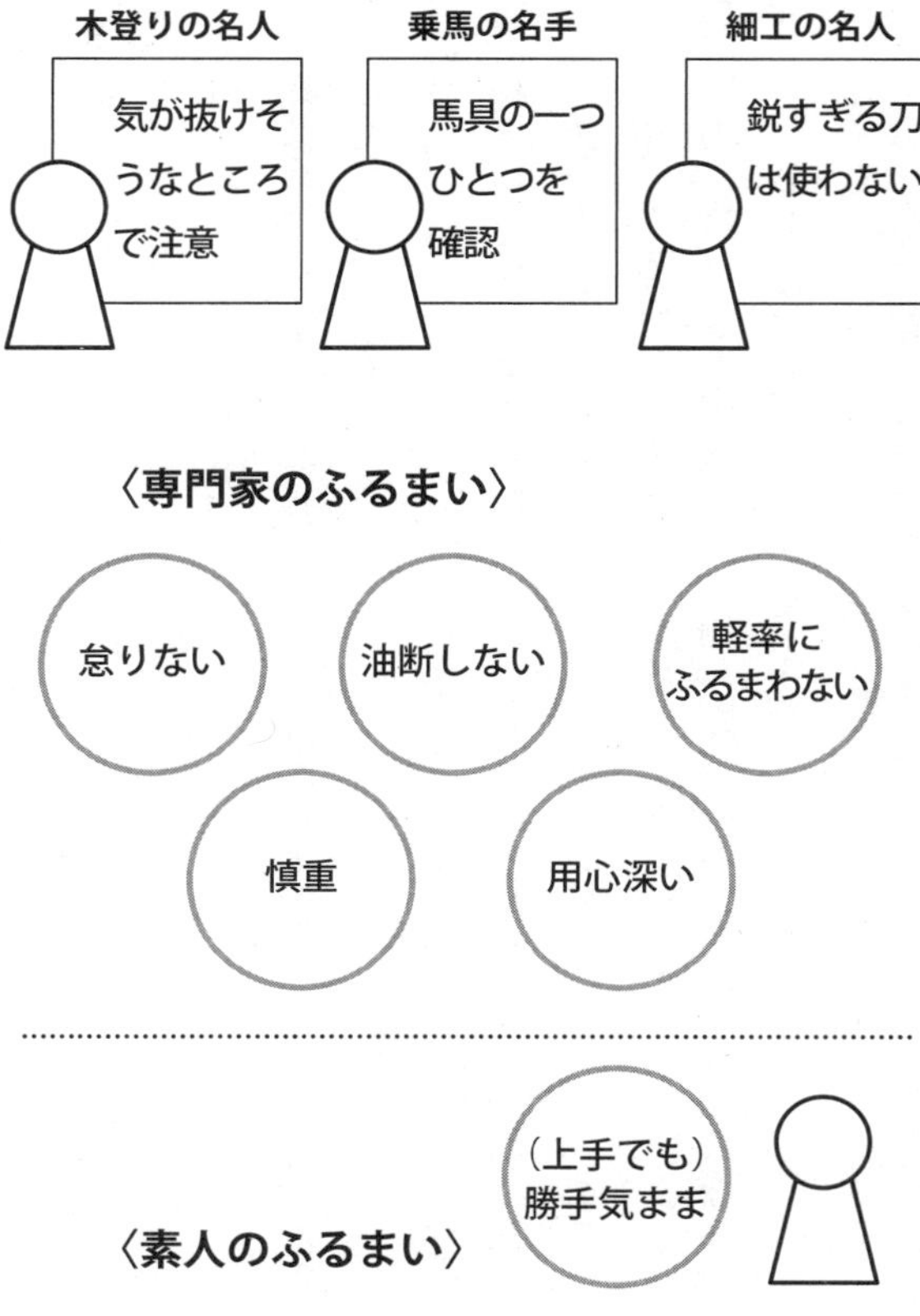

人や道具への気づかいや用心に玄人（専門家）の本質が現われる。

よき細工《さいく》[1]は、少し鈍き刀を使ふと言ふ。妙観《めうくわん》[2]が刀はいたく立たず。（第二二九段）

すぐれた細工師は、少し鈍い刀を使うと言う。妙観の刀はあまり切れ味が良くない。

1：職人。木工、彫金等の細工師。
2：奈良時代後期の伝説的仏師。

切れ味の鋭さに任せて物事を行うことの危険を戒めています。自らの才能を頼りに行動すると、思わぬ落とし穴にも落ちます。

「誤《あやま》ちはやすき所になりて、必ず仕《つかまつ》ることに候」（第一〇九段）

油断は大敵です。

一番を決めたらそれ以外は諦めろ

もののわかった人とは、自分をよく知っている人のこと

人は、自分の顔を直接見ることはできません。鏡に映して見るか、写真などで見るだけです。改めて考えると、自分で自分の顔を見られないなんて、当たり前だけど不思議な気もします。

兼好は、ある僧が自分の顔を鏡でつくづくと見て、その醜《みにく》いことを憂《うれ》えて引きこもり、勤行三昧《ごんぎょうざんまい》に生きた話を感動的に伝えています。

賢《かし》こげなる人も、人の上をのみはかりて、[1]おのれをば知らざるなり。我を知らずして外《ほか》を知るといふ理《ことわり》あ

1：他人の身の上ばかりあれこれ考え。

るべからず。されば、おのれを知るを、物知れる人といふべし。（第一三四段）

賢そうな人も、他人のことは推量しても、自分のことはわかっていない。自分を知らずに他人を知るという道理はあるはずがない。だから、自分を知っている人を、もののわかった人と言うべきである。

人はえてして、自分の容貌の醜《みにく》いことや愚かしいこと、芸が下手なことなどは棚に上げて、他人のことをあれこれ言うものだ、と言うのです。自分の容貌は鏡を見れば一目瞭然だろうし、いい年になったことは自分の年を数えればわかる。自分で自分のことがわからないのは、わかろうとしないからだ。私は何も顔かたちを変えろとか、若返れとか言っているのではない。客観的に自分を省みて、そ

自分の目が何に向けられているのか

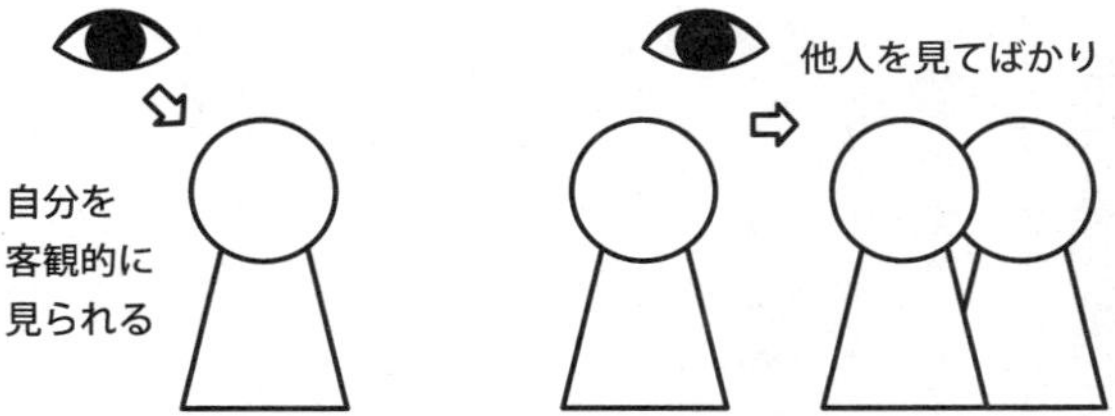

〈もののわかった人〉　〈一見賢そうな人〉

兼好は、他人のことをあれこれ批評する人ではなく、自分のことをよく知っている人こそが「もののわかった人」なのだと説いた。

れにふさわしい生き方をしろと言っているのだ、と。

とくに、この段の後半では、「老いぬと知らば、何ぞ閑《しづ》かに居て身を安くせざる（年をとったと自覚したなら、なぜ世間から身を引いて隠居しないのか、そうすべきなのに）」と言っています。

人生の引き際は、難しいものです。今の六十代には、これからが後半生という気構えの人も多くいます。

しかし、世間はどう見ているでしょうか。「老害」と陰口をきかれないためにも、また、自分自身の人

生の充実した総決算という意味でも、若い時とは違う生き方を考えたほうが、後進の手本になるでしょう。

年を重ねたらひとつのことに精進する

兼好は、人生は思ったより短いと言っています。

日暮れ塗遠《みち》し。吾《わ》が生《しょう》すでに蹉跎《さだ》[1]たり。（第一一二段）

もう日は暮れかけているのに、前途はまだ遠い。私の一生はもう思うように進めない。

1：つまづく。よろめく。思うように進めない。

これは、白楽天《はくらくてん》が七十二歳の時に詠んだ詩を引用したもの。兼好は「一生は雑事に妨《さまた》げられて空《むな》しく過ぎる」と嘆《なげ》いています。

そして、一生の大事は何かを考えろと言います。

一生のうち、むね[1]とあらまほしからんことの中に、いづれかまさるとよく思ひくらべて、第一のことを案じ定めて、その外は思ひ捨てて、一事を励むべし。（第一八八段）

一生の間に、主になしたいと思うことの中で、どれが一番かをよく思い比べて、一番を決定し、それ以外は断念して、ひとつのことに精進すべきである。

1：旨。主とするに望ましいこと。

明日死が訪れても後悔しない生き方

人生は長いようで短いものです。

若いころは、あれもこれもと望みが大きいけれど、諦めが肝心なのでしょう。

江戸時代の俳人、松尾芭蕉も、「ある時は仕官して立身する身の上を羨み、ある

時は仏門に入って僧侶になる道を考えたが、とうとう無能無才のまま俳諧一筋に生きてしまった」と言っています。

芭蕉は、五十歳を一期としました。それに比べると、私たちの後半生は長く、大事にしたいものです。

しかし、それもいつまでもあると思うわけにはいきません。

もし、人来りて、我が命、明日は必ず失はるべしと告げ知らせたらんに、今日の暮るる間、何事をかたの[1]み、何事をかいとなまん[2]。我等が生ける今日の日、何ぞその時節に異ならん。（第一〇八段）

1：頼み。あてにする。
2：営む。励む。努力して何かをする。

もし誰かが、あなたは明日死にますよと告げたとして、今日一日が暮れるまでの間、何をあてにして、何

一生のうちで何が大事かを見定める

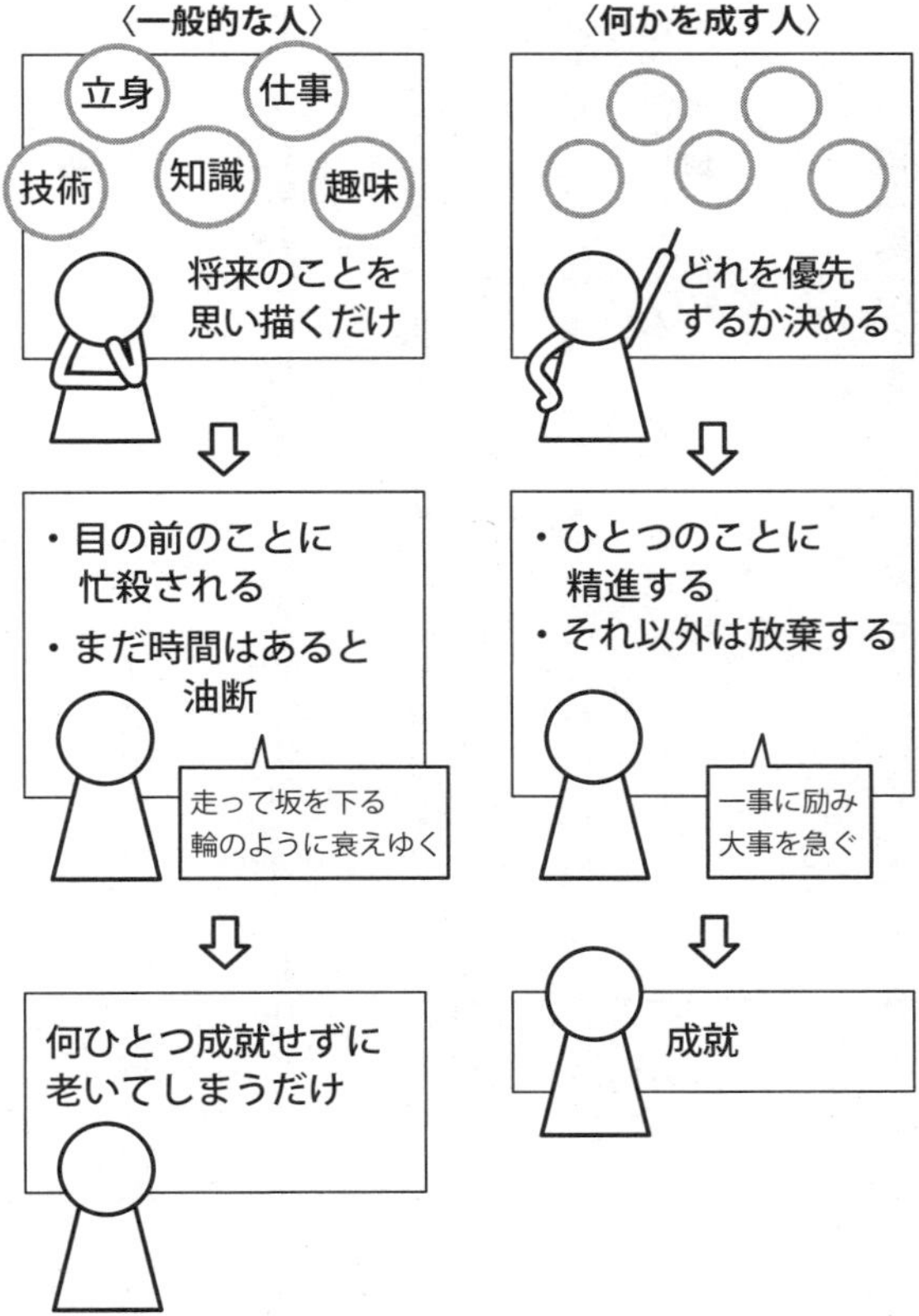

兼好は、碁で10の石を捨てて11の石を取るという例を挙げて（第188段）、小さなことは放棄して大事に励むように説いている。

――をしようとするだろうか。我々の生きている、この今日と、その一日と何が違うのか。同じではないか。――

かつて、ガンジーは「永遠に生きるように学び、明日死ぬように生きよ」と言いました。以来、私はこの言葉を座右の銘にしていますが、明日死ぬように今日を生きることの何と難しいこと！　自分の顔を直接見ることが不可能なのと同じくらい難しいと感じています。

「おのれを知るを、物知れる人といふべし」（第一三四段）

古代ギリシアの神殿に「汝《なんじ》自身を知れ」という格言が刻まれていて、哲学者ソクラテスが自《みずか》らの無知を胆に銘じ、真理探求の出発点とする言葉となったとか。それに通ずる兼好の言葉です。

家族ですら「しがらみ」であると知れ

元祖「おひとり様」!? 兼好が説いた妻子を持たない生き方

『徒然草』は江戸時代のベストセラーで、昌平黌《しょうへいこう》をつくった儒学者・林羅山《はやしらざん》も注釈書を書いています。儒学者たちがその解釈や説明でもっとも苦しんだのは、兼好が家族を否定したことでしょう。

儒教は親孝行を説く学問ですから、子孫を絶やせ、妻はめとるなと言う兼好の主張を、どう説明したらいいかと苦心し、批判しています。

我が身のやんごと[1]なからんにも、まして数[2]ならざらんにも、子といふものなくてありなん。（第六段）

1：高貴な身分。
2：取るに足らない低い身分。

身分の高い高貴な人でも、まして人の数に入らない低い身分の者は、子というものはないほうが望ましい。

兼好は、高名な親王や大臣、聖徳太子などの例を挙げ、彼らが皆子孫などないほうが良いと願ったと述べています。

また、次のようにも言います。

妻《め》といふものこそ、をのこの持つまじきものなれ。「いつもひとりずみにて[1]」など聞くこそ、心にくけれ、「誰がしが婿《むこ》になりぬ」とも、また、「いかなる[2]女をとりすゑて[3]、相住む」など聞きつれば、無下《むげ》に心劣《おと》りせらるるわざなり。（第一九〇段）

1：独居。
2：これこれの女を迎えて。「某」と同じで、疑問の「いかなる」ではない。
3：自分の家に迎え入れて。

妻というものこそ、男が持ってはならないものである。「いつも独り身でいる」などと聞くと、奥ゆかしいが、「誰それの婿になった」とか、「これこれの女を迎えて同居している」などと聞くと、ひどくがっかりさせられる。

子どもを持つことで親の愛情を思い知る

やや過激な発言で、現代人の感覚からすると怒りたくなる人もいるでしょうが、この第一九〇段は、兼好の恋愛における美意識が言わせた部分といえます。

清少納言《せいしょうなごん》も『枕草子《まくらのそうし》』で、恋人を訪れて飯を食う男は最低と言い、恋が世帯染みるのをいやがっています。兼好も、妻子との日常生活にどっぷり浸ることを良しとしなかったのでしょう。

とはいえ、このようにも言っています。

[1]心なしと見ゆる者も、よき一言《ひとこと》いふものなり。ある[2]荒夷《あらえびす》のおそろしげなるが、かたへにあひて、「御子《おこ》はおはすや」と問ひしに、「ひとりも持ち侍《はべ》らず」と答へしかば、「さては、もののあはれは知り給はじ。情なき御心にぞものし給ふらんと、いとおそろし。子ゆゑにこそ、よろづのあはれは思ひ知らるれ」と言ひたりし、さもありぬべきことなり。恩愛《おんあい》の道ならでは、かかる者の心に慈悲《じひ》ありなんや。孝養《けうやう》の心なき者も、子もちてこそ親の志は思ひ知るなれ。（第一四二段）

情を解さないように見える者でも、ときに良いひと言を言うものだ。ある荒武者で恐ろしげな者が、傍《かたわ》ら

1：情味がなさそうな者。
2：東国の荒武者。中国の「東夷（とうい）・西戎（せいじゅう）・南蛮（なんばん）・北狄（ほくてき）」にならって、関東武者を京都人が呼んだもの。

の人に向かって、「お子さんはおいでか」と尋ねたところ、「ひとりも持ちません」と答えたら、「それでは人に対する情はご存知ないでしょう。無情な心でいらっしゃるだろうと思うと、とても恐ろしい。子があればこそ、あらゆる人の情はわかってくるものです」と言ったが、まったくもっともなことである。親子肉親の愛情なくして、こうした者の心に慈悲の心が起こるだろうか。孝行を尽くそうとする心のない者も、子を持ってはじめて親の気持ちを思い知るのだ。

子の親を思う気持ちより親の子を思う情が勝ることは、よく言うことです。「親思う心にまさる親心」とも「子を持って知る親の恩」とも言います。兼好も子どもに対する人の情は、認めていたのです。

兼好の妻子観と恋愛観

✕ 妻子

子どもというのはないほうが望ましい（第６段）

妻は持つべきでない（第 190 段）

⇧

俗世への執着で情けない

色恋 ◎

どんなにすぐれた人物でも、色恋に興味がない男はものたりない（第３段）

⇧

色欲は愚かだが面白い

兼好は家庭を持つことには否定的だったが、色恋には寛容だった。

ただ、「こういう関東の荒武者は、肉親の情を通してでないと慈悲の心が湧いてこないだろうな。私は違うけれど」と言っているようでもあります。

この段の続きで、兼好は、愛しい親や妻子のために庶民が恥をしのび、盗みもするのは仕方ないと言っています。

あるいは、妻子を持った人の身の上に理解を示しつつも、兼好自身はそうしたくないから、「だから、しがらみを持つのは良くない」と言いたかったのかもしれません。

あてにするのは苦しみのもと

他人はもちろん、自分自身ですらあてにしてはいけない

大方の人は、何かしら目標や目的、望みを持って、それを達成しようと生きています。

「国を動かしたい」「世界平和を達成したい」という大きなものから、「おいしいものを食べて、ゆっくり寝たい」とか「庭の花が咲きかけているのが楽しみ」というささやかなものまであるでしょう。

その目標が、人生の希望であると同時に、私たちを苦しめる場合もあります。目標が達成できないことで自分を責め、社会を恨み、自分の人生は無意味だと絶望することも……。

兼好の言葉を聞いてみましょう。

よろづのことは頼むべからず。愚《おろ》かなる人は、深く物を頼むゆゑに、恨み怒ることあり。（第二一一段）

万事あてにできない。愚かな人は、何かを深くあてにするために、恨んだり怒ったりすることがある。

兼好は、これに続いて、権勢、財力、才能、人徳、主君の寵《ちょう》、忠実そうな従《じゅう》僕《ぼく》、他人の厚意、約束――これらは皆頼りにならないと言い切ります。

そして、「身をも人をも頼まざれば、是なる時は喜び、非なる時は恨みず（自分自身も他人もあてにしなければ、うまくいった時はうれしいし、そうでない時も恨めしい気持ちにならない）」と結論づけるのです。

何もあてにしてはいけない、この世は不定である、ということを、兼好は強く主張しています。

日々に過ぎ行くさま、[1]かねて思ひつるには似《に》ず。一《ひと》年《とせ》の中もかくの如《ごと》し。一生の間もまたしかなり。[2]かねてのあらまし、皆違ひ行くかと思ふに、おのづから違わぬこともあれば、いよいよ物は定めがたし。不《ふ》定《ぢやう》と心得ぬるのみ、まことにて違はず。（第一八九段）

毎日が過ぎていく様子は、前もって考えていたのとは違う。一年の間も同じである。一生だって同じである。（しかし）前々からの予想が、みんな違っていくかと思うと、中にはうまくいくこともあり、ますます物事は予想できない。この世はあてにならないと覚悟していることだけが、真理であって外れることはない。

1：あらかじめ、前もって。
2：予想、期待、思惑。

もうひとつ、兼好は、とても気になるエピソードを拾っています。

ある人、法然上人《ほうねんしやうにん》[1]に、「念仏の時、睡《ねぶ》りにをかされて行《ぎやう》[2]を怠《おこた》り侍《はべ》ること、いかがしてこの障《さは》りをやめ侍らん」と申しければ、「目の覚めたらんほど念仏し給へ」と答へられたりける、いと尊《たふと》かりけり。（第三九段）

ある人が、法然上人に、「念仏をとなえる時、眠くなって修行を怠ることがあります。どのようにしてこの支障を取りのぞいたらいいでしょうか」と申しましたら、「目の覚めている間に念仏しなさい」とおっしゃったとか。まったく尊いことだ。

1：浄土宗の開祖。一一三三〜一二一二年。念仏の功徳で往生できる専修念仏を説いた。
2：念仏をとなえる行。

人間的で寛容な、法然の横顔をうかがうことができるエピソードです。信者が集まったのも当然でしょう。

信念を持ち過ぎない、自信を持ち過ぎない（それほどの人間か？）、自分の拠りどころ（出身・財産・才能・美貌《びぼう》など）に頼らない、人をあてにしない、意地を張らない、こだわりを持たない……。ゆったりと寛容な心で、他人と適度な距離を保てば、心身安楽に生きられると、兼好の達観した境地です。

冷たいじゃないか、もっと人同士、信頼し合って生きたいじゃないか――と思われるかもしれません。しかし、「信頼しても、あてにしない」気持ちでいると楽なものです。友人も、夫婦も、親子も。

「不定《ふぢやう》と心得ぬるのみ、まことにて違はず」（第一八九段）

一寸先は闇の世の中です。でも、闇は希望でもあります。何も決まっていないのですから。

パート3

金

～持つと危険、持たぬと悲惨

お金があるのに使わないのは貧者と同じ

貧しくては生きている甲斐がないと言った大福長者への批判

兼好は、「世は不定《ふぢやう》」——明日は何が起こるかわからないと考えていました。これとは、まったく正反対の考え方をしている人間として取りあげられているのが、〝大金持ち〟です。

第二一七段は、「ある大福長者《だいふくちやうじや》の云《い》はく（ある大金持ちが言うには）」で始まりますが、これに続く大金持ちの発言は、『徒然草』の中でもっとも長い台詞です。よほど気にくわなかったのか、あるいは興味深かったのか、兼好はこの大金持ちの発言を延々と記した後で、反論を唱えています。

この大金持ちは、人はすべてのことをさしおいて、ひたすら財産を築くべきと主張します。「貧しくては生けるかひなし。富めるのみを人とす（貧しくては生

きている甲斐《かい》がない。金があってこその人間だ）」として、財産を蓄《たくわ》えたいなら、その心構えを修行しなければならないと、五つのことを挙げています。

ひとつめは、「人間常住《じやうぢゆう》の思ひに住して、かりにも無常を観ずることなかれ（この世は永久不変だと信じて、少しでも無常だなどと悟ってはいけない）」です。いきなり、「世は不定」とする兼好の考え方が全否定されます。

ふたつめは、「万事の用をかなふべからず（何ごとも欲を満たしてはいけない）」。財産は限りがあるけれど、欲望は果てしがない。有限の財産をもって無限の欲望をかなえることはできないから、欲望が生じてもそれを果たしてはいけないと言うのです。

三つめは、「（銭を）君の如く神の如く畏《おそ》れたふとみて、従へ用ゐることなかれ（お金を、君主のように神のように畏れ尊重して、思い通りに使ってはならない）」です。お金を家来や召使いのように使うものだと考えていると、長く貧乏から逃れられないと言います。

四つめは、「恥に臨むといふとも、怒り恨むることなかれ（人前で金のことで

恥をかくようなことがあっても、怒ったり恨んだりしてはいけない)」。

五つめは、「正直にして約を堅《かた》くすべし(正直を心がけて約束を守らなければならない)」です。

この五つの掟を守って利益を追求すれば、大金持ちになれる。そして、大金持ちになれば、「宴飲《えんいん》・声色《せいしょく》をこととせず、居所《きょしょ》を飾らず、所願《しょがん》を成ぜざれども、心とこしなへに安く楽し(酒宴や音楽・女色にふけらず、家を飾りたてず、欲望を満たさなくても、その心は常に平穏で楽しい)」と言って終わります。

兼好は、いったいどこで、こんな話を聞いてきたのでしょう。今でも、「金のないのは頭のないのと同じ」とか「金を貯めるには、恥かく義理欠く人情欠くの三かくが必要」とか言われます。七百年も前から、同じことを言っているのです。

お金がほしいと思うのは欲望を満たすため

この大金持ちの指南に対して、兼好は次のように指摘します。

そもそも人は所願《しよがん》を成《じやう》ぜんがために財を求む。銭を財とすることは願ひをかなふるがゆゑなり。所願あれどもかなへず、銭あれども用ゐざらんは、全く貧者と同じ。（第二一七段）

だいたい人は欲望を満たすために財産を求めるのだ。銭を財宝と考えるのは、それで欲望をかなえることができるからだ。欲望があってもかなえず、銭があっても使わないのなら、まったく貧乏人と同じである。

金を求めるのは、欲望を満たすためであるはずですが、その欲望を禁じ、金を貯めるのは、「手段の目的化」に他なりません。兼好は、「何をか楽しびとせん（いったい何を楽しみにしているのだ）」と言い、次のように続けます。

この掟《おきて》は、ただ人間の望みを断ちて、貧を憂《うれ》ふべからずと聞えたり。〔中略〕ここに至りては、貧富分く所なし。究竟《くきやう》[1]は理即《りそく》[2]に等し。大欲《たいよく》は無欲に似たり。〔第二一七段〕

この教訓は、人間の欲望を絶って、貧困を悲しむなと言っているようだ。〔中略〕この境地に至ると、もう貧富の区別がなくなる。究極の悟りの境地と凡夫の迷いの境地が同じであるようなものだ。大欲はかえって無欲と似てくる。

1：天台宗で説く「仏の悟り」。
2：同じく「凡夫の迷い」。

仏の悟《さと》りを得た最上の境地と、迷いの中にいる最下位の境地を同じにするとはと、兼好は、ずいぶん強く皮肉っていますが、一方で、大金持ちと兼好の考え方

大金持ちの主張と兼好の反論

〈大金持ちの主張〉

金があれば、欲望を満たさなくても、心は満たされる

次の５つを守れば金持ちになれる

- 悟ってはいけない
- 欲望をはたそうとするな
- お金を神のように崇めよ
- 金のことで怒るな悩むな
- 正直を心がけ約束を守れ

〈兼好の反論〉

人は欲望を満たすために財産を求めるのだ

お金持ち		貧乏人
財産があるのに欲望をかなえない	同じ	財産がなくて欲望をかなえられない

⇩

大欲は無欲に似たり　＜　なんてバカバカしい！

兼好は、一見清廉にも見える大金持ちの主張を「大欲」であると皮肉っている。

の違いには、「金がないと生きている意味がないのか」「貯め込んで使わないのは、持たないのと同じか」「人の世は、変わることなく続くのか——」など、現代の私たちにも通じる重要な問題提起が、いくつも読み取れます。

時代とともに変わる日本の「物欲観」

日本の歴史を少し振り返ってみましょう。太平洋戦争の大空襲で、家や財産をすべて失った人の中には、そのために「物欲がなくなった」という人もいました。しかも、戦後には大インフレが起こって、貨幣の価値が大暴落し、貯金がタダ同然になったという人も多くいました。社会が常に変化するものなら、今ある金を使って楽しんだほうが良いというのも、一理あります。

その後、日本は復興を遂げ、大量消費時代に突入。「消費は美徳」と言われ、海外のブランド物や土地まで買いあさりました。しかし、バブルは崩壊。今の若者の中には、また「持たない生活」を理想とする人も増えているようです。

一方、使わなくても、いざという時の備えがあるのとないのとでは大違いだと

いう意見もあります。

兼好自身は、金持ちとは言わなくても、生活に困らない程度の余裕があったようです。出家して間もない三十歳過ぎのころ、一町歩（約1ヘクタール）の田を九十貫（一四〇〇万〜一八〇〇万円くらい）で買い、小作料を取っていたらしいので、そのくらいの財産はあったと言われています。

そんな人に「大欲は無欲に似たり」などと言われても、「あって使わないのと、使う金がないのとでは大違いだ」と思うかもしれませんが……。

「銭あれども用ゐざらんは、全く貧者と同じ」（第二一七段）

明日はどうなるかわからないなどと考えていたら、財産を貯める気が失せるし、そうそうこの世は変わらないのだから、せっせと働いて金を貯めよ、という教えも説得力があります。

だけど、貯めた財産を使わずに死んでしまうとしたら……。

賢人が裕福だったことはない

衣食住のほかに何を望む？　尽きることのない人の欲

人は何を望み、何を生き甲斐にしているのでしょうか。

楽欲《げうよく》[1]する所、一つには名なり。名に二種あり。行跡《かうせき》[2]と才藝《さいげい》との誉《ほまれ》なり。二つには色欲《しきよく》、三つには味《あぢは》ひ[3]なり。よろづの願ひ、この三つには如《し》かず。（第二四二段）

人が願い求めるものは、第一に名声だ。名声には二種類ある。立派な行いと優《すぐ》れた学芸に対する名声であ

1：欲望、願い求める心。
2：行状、振舞。
3：食欲、美味を求める欲。

る。第二には色欲、第三は食欲である。あらゆる願いも、この三つに勝るものはない。

兼好にとって金は入っていません。兼好の考える「人を惑わす三大欲求」に、金は入っていません。

兼好にとって金は、欲の付属物くらいの感覚だったのかもしれません。だから、こう述べています。

人は、おのれをつづまやかにし[1]、奢《おご》りを退《しりぞ》けて、財《たから》を持たず、世を貪《むさぼ》らざらん[2]ぞいみじかるべき。昔より賢き人の富めるは稀《まれ》なり。（第一八段）

人としては、自らの生活を簡素にして、贅沢を避け、財宝を持たず、世俗の欲に執着しないのが立派だろう。

1：簡素・倹約を心がける。
2：世俗の欲を求めない。

──昔から賢人が裕福であった例はめったにない。──

これは、古代中国の賢人たちの事跡《じせき》を念頭においた発言です。唱歌『蛍の光』の「蛍の光窓の雪」という歌詞（貧しくて油が買えないので、蛍を集めた光で本を読み、窓の雪明かりで勉強したという中国の故事）に象徴されるように、日本では、中国の賢人が貧困の中で学問に励む姿が賞讃されてきました。また、建前にせよ、権力者も清貧を理想としました。

飢えることなく暮らしていければそれで良し

第二段では、民衆を嘆かせ、国がダメになっていくのも知らずに、華美を極め、財宝を貯め込む人は、思慮がないと言い、たとえば、藤原師輔《ふじわらのもろすけ》（十世紀の人、道長の祖父）は、「着物や冠をはじめ、馬や車に至るまで、手許にあるもので間に合わせよ。美麗なものを求めてはならない」と遺言したし、順徳《じゅんとく》天皇は「天子の着るものは粗末なものを良しとする」と書いていると紹介しています。

ただ、こうした教えは、なかなか守られないのが常で、師輔の長男・伊尹《これただ(まさ)》は摂政・太政大臣となり、位人臣を極め、その才能・容姿を賞讃されましたが、贅美《ぜいび》を好んだことでも有名でした。兼好は、彼のことには触れていませんが、第一二三段で、こう言っています。

人の身にやむことを得ずしていとなむ[1]所、第一に食ふ物、第二に着る物、第三に居る所なり。人間の大事、この三つには過ぎず。饑《う》ゑず、寒からず、風雨に侵《おか》されずして、閑《しづ》かに過ぐすを楽しみとす。（第一二三段）

人間としてやむを得ずしなければならないことは、第一に食べること、第二に着ること、第三に住むことである。人間にとっての大事は、この三つに尽きる。

1：営む。為す。努力する。

飢えず、凍《こご》えず、風雨をしのいで、おだやかに過ごすのが人生の楽しみである。

人間の欲は三つ、必要不可欠な物も三つ（兼好は四つめに薬をあげています）。貯めたくても、入る端から出ていってしまうという嘆きもあるでしょう。稼いでも稼いでも、家のローンや子どもの学費に出ていってしまう……。しかし、私は最近考え方を変えました。「入る端から出ていく」のではなく、「出る端から入ってくる」――出ていくということは、どこからか入ってくるわけですね。屁理屈かもしれませんが、少し気が楽になります。

「饑《う》ゑず、寒からず、風雨に侵《おか》されずして、閑《しづ》かに過ぐすを楽しみとす。（さらに薬を加えて）この四つ欠けざるを富めりとす」（第一二三段）

人生、結局はこの四つに落ち着くのではないでしょうか。

兼好が考えた欲求と実際に必要なもの

〈人を惑わす三大欲求〉

- Ⓐ名声　立派な行い　学芸の才能
- Ⓑ色欲
- Ⓒ食欲

⇨ 煩悩から生まれた誤った考えだから求めないほうが良い

人としてやむを得ざる欲求でもある

〈人間に必要不可欠な３つのもの〉

- ① 食べもの　飢えない程度
- ② 着るもの　凍えない程度
- ③ 住むところ　風雨をしのげる程度

⇨ これがあれば、おだやかに過ごせる

＋

- ④ 薬　病気はつらい

⇨

- ①～④が満たされている ➡ 富
- ①～④が得られない ➡ 貧
- ①～④以外を求める ➡ 贅沢

兼好は、大事なのは①～③の３つだけだが、④も忘れてはいけないとした。

「これで十分」と思えば幸せ

鎌倉一の権力者・北条時頼の晩酌話に込められた、ささやかな幸福論

兼好の生きた時代（晩年は南北朝時代ですが）は、鎌倉に財が集中していました。京都の貴族は、鎌倉と関係が深い人は豊かですが、他の人はそのおこぼれを期待するしかなく、兼好は東国者の派手好み、綺羅《きら》を飾る有様を苦々しく思っていたようです。

そうした中でも、好ましい鎌倉人のエピソードをいくつか伝えています。

大仏宣時《おさらぎのぶとき》という人は、八十六歳まで長生きした鎌倉の長老（一二三八〜一三二三年）で、五代執権北条時頼《ほうじょうときより》より十一歳年下の側近でした。その宣時が、思い出話として、若いころ、時頼に晩酌の相手に呼ばれたことを語っています。

よれよれの普段着で出かけた宣時に、

銚子《てうし》に土器《かはらけ》取りそへて持て出でて、「この酒をひとりたうべん[1]がさうざうし[2]ければ、申しつるなり。肴《さかな》こそなけれ、人は静まりぬらん。さりぬべき物やあると、いづくまでも求め給へ」とありしかば、紙燭《しそく》[3]さして、隈々《くまぐま》を求めしほどに、台所の棚に、小土器《こがはらけ》に味噌《みそ》の少しつきたるを見出でて、「これぞ求め得て候《さぶらふ》」と申ししかば、「こと足りなん」とて、心よく数献《すこん》[4]に及びて、興《きやう》に入られ侍りき。その世には、かくこそ侍《はべ》りしか（第二一五段）

（時頼自《ときよりみずか》ら）銚子に杯をいっしょに持って現われ、「この酒をひとりで飲むのは寂しいから、呼んだのだ。し

1：食べる。飲む。
2：寂しい。つまらない。
3：松の木片に油を塗り、手元を紙で巻いて火をともすもの。
4：一献は盃三杯。正式の儀式では三献もしくは五献を基本とする。

かし肴がなくてね。人は皆寝静まっているだろうから、何か適当なものを、どこまでも探してください」とおっしゃるので、紙燭をつけて隅々まで探したところ、台所の棚に、小皿に味噌の少しついたのを見つけ出して、「これを探し出しました」と申し上げると、「十分だ」と言って、気持ちよく盃を重ね、良いご機嫌になられた。あの時代は、そんな風でしたよ。

これは宣時が二十歳前後のころの思い出話で、兼好の生まれる二十年以上前の話になります。宣時は歌人でもあり、その孫の貞直《さだなお》と兼好が会っているので、直接本人から聞いたのかもしれません。かつての鎌倉武士の質実剛健にして、率直な人づき合いを偲《しの》ぶ内容で、「今の鎌倉（十四代執権・北条高時《たかとき》は田楽《でんがく》や闘犬、飲酒にふけって評判が悪かった）は、贅沢《ぜいたく》ばかりして！」という兼好の舌打ちが

聞こえてきそうです。

根本にあるのは「天下を治めるのは倹約」という思想

この他、第一八四段では、時頼の母・松下禅尼《まつしたのぜんに》が、息子がやって来るのに合わせて、障子《しょうじ》の破《やぶ》れを一つひとつ繕《つくろ》う話をのせています。「すべて張り替えたほうが簡単できれいでしょう」と言われて、「後でそうしようと思うけれど、今日は破れたところだけを直して、若い人に見習わせるのです」と答えたのです。

この話は、倹約を教える話として、戦前の女学校の修身の教科書に採られていました。説教臭いのが難点ですが、現代まで続く、障子の破れを補修する花形の原点と思うと面白いものです。

「『こと足りなん』とて、心よく数献《すこん》に及びて、興《きやう》に入られ侍《はべ》りき」（第二一五段）

「十分だよ」。生きる幸せは、その辺りにあるのかもしれません。

欲のない人は嫌われない

里芋に全財産を使った仁和寺の超マイペースなお坊さん

兼好は、京都仁和寺の近くに住み、仁和寺に親しい人がいたとも言われます。『徒然草』には、仁和寺の僧のエピソードが、いくつか残されています。

[1]真乗院《しんじようゐん》に[2]盛親僧都《じやうしんそうづ》とて、やむごとなき[3]智者《ちしや》ありけり。[4]芋頭《いもがしら》といふ物を好みて、多く食ひけり。[5]談義の座にても、大きなる鉢《はち》にうづ高く盛りて、膝もとに置きつつ食ひながら文《ふみ》をも読みけり。わづらふことあるには、七日《なぬか》二七日《ふたなぬか》など、療治《れうじ》とて籠《こも》り居て、思ふやうによき

1：仁和寺の院家（いんげ）。院家は身分のよい僧が住む寺。

2：伝記未詳。一三〇八年正月、東寺での後宇多法皇灌頂の儀に参加した記録が残る。

芋頭をえらびて、ことに多く食ひて、よろづの病をいやしけり。人に食はすることなし。ただひとりのみぞ食ひける。（第六十段）

仁和寺真乗院に、盛親僧都といって、偉い学僧がいた。芋頭という物が好物で、たくさん食べた。説法の席でも、大きな鉢に山盛りにして、膝元に置き、食べながら仏典《ぶってん》を読み講じた。病気をすると、七日十四日と期間を決めて、療養中と言って室に籠もり、思う存分良質の芋頭を選び、いつも以上に多く食べて、どんな病気も治した。他人には食べさせず、自分ひとりで食べた。

3：知識の高い僧、学僧。
4：サトイモの親いも、球茎。
5：説教。

盛親僧都自身は貧乏だったそうですが、師の僧が彼に三百貫《かん》の遺産を残してくれて、盛親はその遺産をすべて芋頭の代金にあてたということです。

この時代の三百貫は、一説によると、一貫が一〇万〜二〇万円というので、三千万〜六千万円となります。それを洛中の、おそらく金融業者に預けて、少しずつ使ったのでしょう。

無欲な人は嫉妬されることも嫌われることもない

この盛親僧都の行動を、兼好は、「『三百貫のものを貧しき身にまうけて、かくはからひける、誠にありがたき道心者《だうしんじや》なり』とぞ人申しける（『三百貫もの大金を貧しい身で手に入れて、こんな風に使ったとは、実に滅多にない道心者だ』と世間の人が評した）」と記しています。

確かに、それほどの大金を芋頭で食べ尽くしたわけで、ある意味、欲のない人と言えるでしょう。この盛親僧都は、イケメンで大力《だいりき》、大食で能筆、学問・弁説に優《すぐ》れて、仁和寺の中でも一目置かれた存在でした。

「慰草」第 60 段の挿絵。左奥にいるのが盛親僧都。

『なぐさみ草』 神奈川県立金沢文庫所蔵

しかし、つねにマイペース。法事の饗応《きょうおう》でも自分の前にお膳がくれば、他人にかまわず、さっさと食べ、食べ終わると勝手に帰る。食事時も自分の腹具合で時刻にかまわず食べ、眠ければ寝て、目がさえると幾夜も寝ず、という有様でした。それでも、不思議と人に嫌われず、マイペースぶりを許されていたそうです。

世俗的な欲がないところが、人に愛されたのでしょう。

兼好はまた、別の段で、偉い僧の次の言葉を引用しています。

「遁世者《とんぜいじや》は、なきにこと欠けぬやうをはからひて過ぐる、最上のやうにてあるなり」（第九八段）

出家遁世した者は、ものがない生活を不自由と思わないで暮らすのが望ましい。盛親も、遺産を使いはたして芋頭を思うように食べられなくなった時は、仕方ないと受け入れたのかもしれません。

執着にはその人の煩悩が透けて見える

時には励みにもなるが、結局は大成の足かせとなるのが物欲

兼好は、『徒然草』の中で、先人たちの教えや名言を引用して紹介しています。次の有名な語句も、そのひとつです。

「後世《ごせ》を思はん者は、糂汰瓶《じんだがめ》一つも持つまじきことなり（来世での極楽往生を願う者は、糠味噌瓶《ぬかみそがめ》ひとつも持ってはいけない）」（第九八段）

糂汰瓶は、糠味噌を入れる瓶で、これひとつあれば、ありあわせの食材をつけて、最低限の食事はとれたのでしょう。それさえ持たない覚悟で暮らさなくてはならないと言うのですから、悟りへの道は厳しいわけですが、兼好はこのような目撃談も語っています。

[1]神無月《かみなづき》のころ、〔中略〕ある山里にたづね入ること侍りしに、〔中略〕心ぼそく住みなしたる庵《いほり》あり。木の葉に埋もるる懸樋《かけひ》のしづくならでは、[2]つゆおとなふものなし。[3]閼伽棚《あかだな》に菊・紅葉など折り散らしたる、[4]さすがに住む人のあればなるべし。[5]かくてもあられけるよと[6]あはれに見るほどに、かなたの庭に、大きなる[7]柑子《かうじ》の木の、枝もたわわになりたるが、まはりをきびしく囲ひたりしこそ、少し[8]ことさめて、この木なからましかばと覚えしか。（第一一段）

初冬十月のころ、〔中略〕ある山里に人を尋ね入ったことがあった。〔中略〕（途中に）ひっそりと住みついて

1：旧暦十月の異名。初冬。
2：かけひの雫と露の縁語で、雫の音だけがすることと、全く訪れる者がないことをかけている。
3：仏に供える花と水を置く棚。水屋。
4：やはり。
5：こんなに閑寂（かんじゃく）にしても、住んでいられるものだなと。
6：感動して見る。
7：ミカンの一種。
8：興ざめして。

いる一軒の庵があり、落葉に埋もれた懸樋の雫の音以外、まったく音を立てるものも訪れる者もいない。閼伽棚に菊や紅葉などが折り散らしてあるのを見ると、やはり住む人がいるからだ。こんな風にしても住めるものなのだなぁと、感心して見ていたら、向こうの庭に、大きな柑子の木の、枝もしなるほど実がなっているのがあって、その周囲を厳重に囲っているのが見え、少々興ざめな気がして、この木がなければ（良かったのに）と思ったことだ。

第一一段は、遁世《とんせい》に憧れながら、まだ出家する前に兼好が書いた段だと言われています。町中《まちなか》から離れた里山の中の人影のない庵に、若き兼好は「良いなぁ、こんなところで本を読み、思索にふけって、歌を詠んだりすると、心が清々しく

なるだろう」と思ったのかもしれません。

しかし、庵の裏庭にある大きな柑子（ミカンの一種）の木のまわりを、柵で囲っているのを見てがっかり。庵の主のためにも、この柑子はないほうが良かったと考えたようです。

兼好が、すばらしい持仏《じぶつ》を持つな（第九八段）と言うのも、行末まで見届けられる長生きを望むようになるから子孫を持つな（第七段）と言うのも、皆俗世を捨てる障害になるからです。

小さなことに執着しているとより大きなことは達成できない

「絆《きずな》」は、人と人を結びつけ、元気づけるものでもありますが、「ほだし」と読むと、自由を束縛する手かせ足かせとなります。西行が、すがりつく幼い娘を庭に蹴落として出家を遂げたという逸話は、実話かどうかは別として、昔の人が出家遁世する心構えとして考えていたことを表わしています。

まして、ミカンに執着していては、この庵の主は、せっかく行いすましている

ように見えて、この世の執着を絶てないだろうと兼好は考えたのでしょう。

この段は高校の教科書にも採られていますが、兼好のがっかりから、もうひとつ踏み込んで人生訓として読んでもいいでしょう。

「この木なからましかばと覚えしか」（第一一段）

この世の楽しみは、またこの世に私たちの心をつなぎとめる絆（きずな・ほだし）でもあるのですね。それがあってこそ、私たちは毎日の生活を続けていられるのですが、厳しい仏教的観点からは、悟りの障害となるのでしょうか。

財産を残すな。ものを貯め込むな

七百年前から変わることのない、相続は「争続」という現実

原始共産制の時代はいざ知らず、人が明日のために食べものを蓄えるようになって以来、財産はなくてはならぬもの、また、あって厄介なものです。兼好は、次のように言っています。

名利《みやうり》[1]に使はれて、閑《しづ》かなる暇《いとま》なく、一生を苦しむるこそ、愚《おろ》かなれ。財《たから》多ければ、身を守るに惑《まど》ふ。害[2]を賈《か》ひ、累《わづらひ》を招く媒《なかだち》なり。身の後《のち》には、金《こがね》[3]をして北斗《ほくと》をささふとも、人

1：名声と利益。
2：身を損なうもの。
3：北斗七星を支えるほどの金。

のためにぞわづらはるべき。（第三八段）

名声と利益を得るためにあくせくして、心静かに過ごす時もなく、一生を苦しんで生きるのは、愚かなことである。

財産が多いと、我が身を守ることに心乱れる。災難を招くきっかけになる。死後に北斗七星に届くほどの金（財産）を蓄《たくわ》えても、遺された人にとって煩《わずら》いの元になるだろう。

72ページで紹介したように、女流文学の傑作、阿仏尼《あぶつに》の『十六夜《いざよい》日記』は、息子・藤原《ふじわらの》（冷泉《れいぜい》）為相《ためすけ》の相続財産を守るために、京都から鎌倉に訴訟に来た紀行文で、阿仏尼は兼好の生まれたころ亡くなっているので、兼好とほぼ同時代の話です。

また、兼好と同時期に生きた花園《はなぞの》天皇は、詳細な日記を遺していますが、ひんぱんに「室町院領《いんりょう》」という、三代前（父・伏見《ふしみ》天皇）からもめごとの種になっている領地の話が出てきます。

貴賤《きせん》を問わず、財産があれば、そして子孫が多ければもめるものです。『荘子《そうし》』に「男子多ければ則《すなわ》ち懼《おそれ》多し、富めば則ち事《こと》多し、寿《いのちなが》ければ則ち辱《はじ》多し」という、よく知られた言葉があります。息子が多いと放蕩者やできの悪い者がいたり、息子同士でもめたりするし、なまじ財産があるともめごとの元になり、長生きすると晩節を汚すこともある、というわけです。

また、「子孫に美田を残さず」という格言もありました。

死後にあげるくらいなら生前にあげたほうが良い

骨肉の争いを多く見ていたのか、兼好は次のようにも述べています。

――身死して財《たから》残ることは、智者[1]のせざるところなり。――

1：賢い人。

よからぬ物、貯《たくは》へ置きたる[2]もったなく、よき物は、[3]心をとめけんと[4]はかなし。[5]こちたく多かる、ましてくちをし。「我こそ得め」など言ふ者どもありて、跡に争ひたる、[6]さまあし。後《のち》はたれにとこころざす物あらば、生けらんうちにぞ譲るべき。（第一四〇段）

死後に財産を残すことは、知恵のある者はしない。くだらないものを貯め込んでいるとみっともないし、良いものがあれば、さぞ心残りだったろうと、心浅い気がする。そうしたものがうるさいほどたくさんあるのは、ますます情けない。「私が頂きたい」などと言う者が多くいて、死後に争うのは見苦しい。死後に誰

2：ばからしく。
3：心を残したであろうと。
4：むなしい気がする。
5：うるさいほど。
6：みっともない。

それにやろうというつもりのものがあるなら、生きているうちに譲るのが良い。

物惜しみをしない、あれこれ貯め込まない……人生の後半にさしかかると、他人事《ひとごと》ではありません。

親の死後の整理で、このことに直面したという人も多いのではないでしょうか。「何でこんなものを貯め込んでいたの!?」と言いたくなるものばかりですが、仮にダイヤの指輪や証券類、貸金庫の鍵などが出てくれば、それまで仲良く愚痴りながら後始末していた兄弟姉妹の目が、とつぜん違う光を放つこともあるかもしれません。

「身死して財《たから》残ることは、智者のせざるところなり」(第一四〇段)

智者でなくとも、心がけたいものです。

財産を残すことの弊害

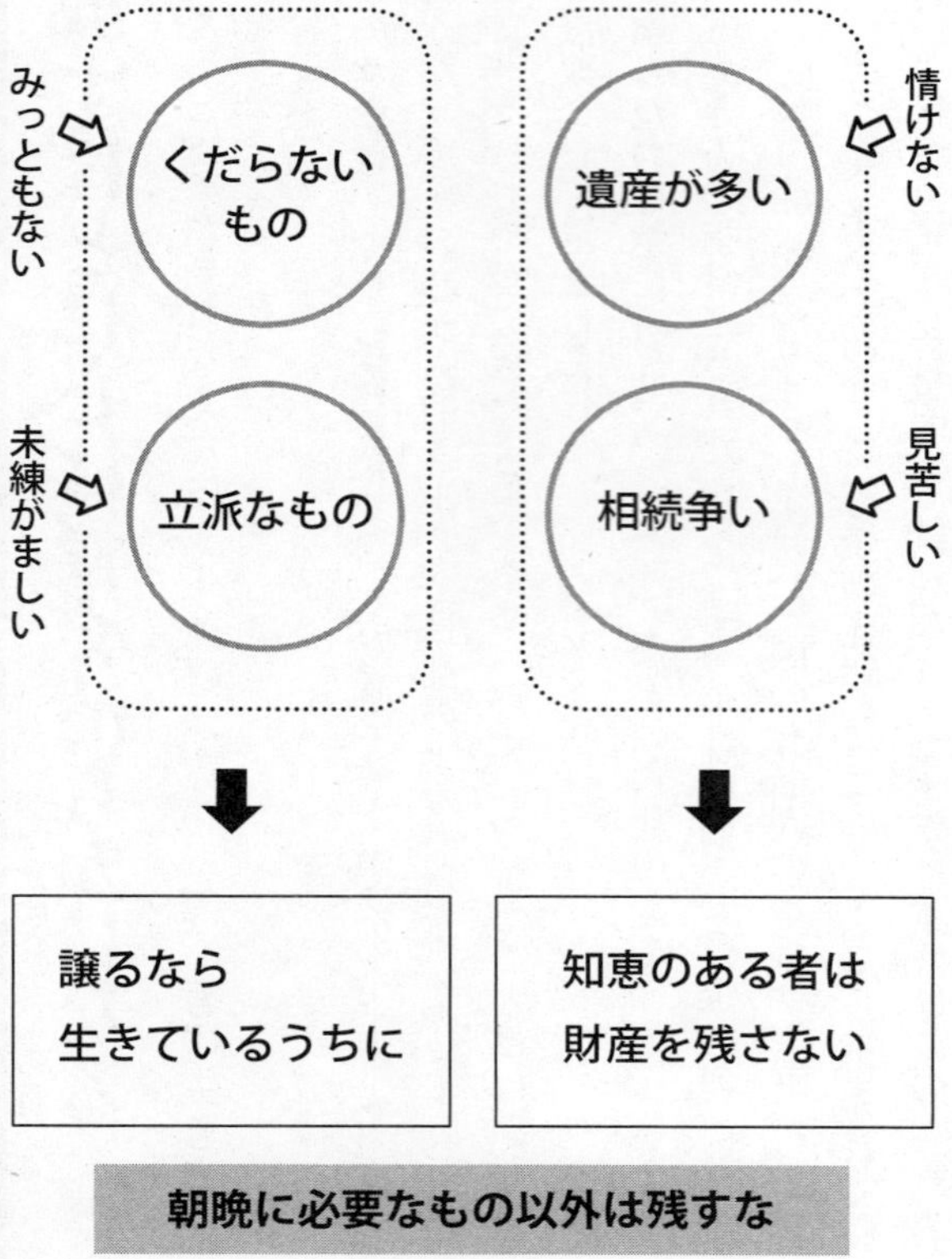

生前から死後に至るまで、広い視野で人間社会を観察していたことが伺える。

手放すほどに心は軽く清らかになる

求めるほどに満たされなくなる——兼好が説いた無所有の生き方

日本人の文学は、ふたつの言葉で書かれていると言えるでしょう。『万葉集』にあるような、民衆の心から涌き出した民謡のような言葉〈やまとことば〉と、中国から文書としてやってきた言葉〈漢文〉です。やまとことばは話し言葉、漢文は書き言葉として定着しました。

漢文を学んだのは主に男性で、『史記』などの古代中国の偉人伝にも親しんでいました。生き方の指針とされたからです。平安初期から日本の初等教育に使われた書物に、『蒙求《もうぎゅう》』があります。古代中国の有名人のエピソードが、五九六も収められ、122ページで紹介した「蛍の光窓の雪」も、この本に書かれています。清少納言《せいしょうなごん》や松尾芭蕉《まつおばしょう》、夏目漱石《なつめそうせき》も読んだようですが、兼好はこの『蒙求』の中

で、許由《きょゆう》の「許由一瓢《いっぴょう》」と、孫晨《そんしん》の「孫晨藁席《こうせき》」という話に注目しています。兼好が取り上げたのは、「究極の持たない生活」をしているふたりです。兼好は、何から解放されたがっていたのでしょうか。自分の中の物欲でしょうか。

唐土《もろこし》に許由《きよいう》といひつる人は、[1]さらに身に[2]したがへる貯《たくは》へもなくて、水をも手して捧げて飲みけるを見て、ある[3]なりひさことといふものを人の得させたりければ、ある時、木の枝に懸《か》けたりけるが、風に吹かれて鳴りけるを、かしかましとて捨てつ。また手に掬《むす》びてぞ水も飲みける。いかばかり心のうち涼しかりけん。孫晨《そんしん》は、冬月《とうげつ》に[4]衾《ふすま》なくて、藁一束《わらひとつか》ありけるを、夕《ゆふべ》にはこれに臥《ふ》し、朝《あした》にはをさめけり。（第一八段）

1：まったく。
2：所持する。
3：瓢簞（ひょうたん）。ここは、瓢（ひさご）の実を縦半分に割った柄杓（ひしゃく）か。
4：夜具、寝具。

中国の許由という人は、まったく身の回りの調度もなくて、水を飲む時も手ですくって飲んでいたのをある人が見て、瓢《ひさご》というものをあげたところ、ある時木の枝にかけた瓢が、風に吹かれてカランカランと鳴ったのを、やかましいと言って捨ててしまった。その後はまた手ですくって水を飲んだ。どれほど心の中は清々していただろう。孫晨は、冬の寒い時期に夜具がなくて、藁が一束あったのを、夜はこの上に寝て、朝になると片づけた。

第一八段は、兼好が出家を考えていたころに書かれたと推測されています。その前の第一七段では、「山寺にかきこもりて、仏に仕《つか》うまつるこそ、つれづれもなく、心の濁りも清まる心地すれ（町中を離れた寺に引きこもって、仏に向かっ

て勤行《ごんぎょう》をしている時こそ、うつつとした所在なさもなく、煩悩《ぼんのう》や俗気も清められる気がする)」と言っているので、少なくとも、煩悩に悩んでいたことは明らかです。

何もかも手放すと時間の経過だけが意識される

そして、第二〇段では、ある世捨て人の発言に共感を示します。

なにがしとかやいひし世捨人の、「この世のほだし[1]持たらぬ身に、ただ空の名残[2]のみぞ惜しき」と言ひしこそ、まことにさも覚えぬべけれ。(第二〇段)

1：人を現世につなぎとめ、しばるもの。
2：空に現われる時間的推移の余韻。

何とか言った世捨て人が、「この世に何の執着や束縛の種を持っていない私にとって、ただ時間の推移を示

す空の様子だけが惜《お》しまれる」と言ったのが、本当にそうだなぁと思われることだ。

この世に私をつなぎとめるものは、何もかも放り捨てた――そんな人物が、この世で自分が生きている証拠のように、「あぁ、美しい」と空の色の移り変わりを眺めるのです。時間の経過、時の移りゆくさまを、夕暮れや夜明けの空の色の変化に象徴させているのです。

さて、私たちはこの世捨て人や中国の隠者のように、何もかも捨てるわけにはいきません。

しかし、何年も着ないままになっている服や履かなくなっている靴、もう一生読まないであろう本、過去の仕事の資料などを、まとめてエイヤッと処分すると、何とすっきりすること！

物が捨てられないのは、過去に執着する心があるからかもしれません。

パート4

世間

～理屈では割り切れない

世間の噂はほとんどが嘘

人の口に戸は立てられぬとも、人の噂も七十五日とも言うけれど……

昔も今も、人は噂話、ゴシップが大好きです。「人の不幸は蜜の味」のような、不謹慎なたとえもあります。週刊誌やゴシップ新聞、インターネットなどがない兼好の時代も、噂が飛び交い、風にのって広まり、始末に負えないものでした。

世に語り伝ふること、まことは[1]あいなきにや、多くは皆虚言《そらごと》なり。

[2]あるにも過ぎて人は物を言ひなすに、まして、年月過ぎ、[3]境《さかひ》も隔りぬれば、言ひたきままに語りなして、

1：面白くない、つまらない。この部分は挿入句。
2：実際、事実。
3：場所。
4：そのまま。

筆にも書きとどめぬれば、[4]やがてまた定まりぬ。（第七三段）

世間で語り伝わることは、事実そのままでは面白くないと思われるのか、多くはみなつくりごとである。人というのは実際以上に大げさに話をするうえに、まして少し前のことや、遠いところで起こったことなどは、言いたい放題に話をつくり、そのうえ何かに書きとめたりすると、そのまま定着してしまう。

針小棒大と言いますが、事実を伝えるうちに、それに憶測や誤伝が尾ひれとしてついてしまうのでしょう。ある人が「○○は××じゃないかと思うんだがね」と言っていたのが、次の人の話では「○○は××なんだ」になるのです。

よくできた嘘ほど罪深いものはない

話す端からばれるような嘘は罪がない、と兼好は言います。エイプリル・フールに発信される嘘も、こうしたもののひとつでしょう。

一方、「げにげにしくところどころうちおぼめき、よく知らぬよしして、さりながら、つまづまあはせて語る虚言は、恐しきことなり（いかにも本当らしく、ところどころはぼかして、よく知らない風をして、そのくせ要所要所の話のつじつまを合わせて語る嘘は、罪深く恐ろしい）」（第七三段）と兼好は指摘します。

面白い話を聞きたがる世間に対して、人はつい迎合するものです。事実だけでは「なーんだ、それだけ？」となるので、推測や期待も交えて、話を大きくしたり、底意があってでっち上げたりすることもあるでしょう。

逆に、褒められた場合はどうでしょうか。「我がため面目あるやうに言はれぬる虚言は、人いたくあらがはず（自分にとって名誉になるような嘘は、むきになって否定しない）」（第七三段）。

身に覚えがある方もいることでしょう。学生時代に何かの大会で入賞したのを、「優勝したんだよね？」などと言われ、昔のことだからと、つい曖昧にしたことはありませんか？　とくに、酒席などではムキになって否定できないものです。

学歴や経歴詐称《さしょう》で責められる人も、あるいは最初に「○○のご出身でしょう？　さすがですね」などと言われ、つい「えっ、まぁ……」と口にしたのが、後々否定できなくなったのかもしれません。「えっ、まぁ……」の後に、「その近くまで行きました」とか「そこに行こうと思ったのですが……」と続けられたら良かったのに……、人は弱いものです。

皆人の興ずる虚言は、ひとり「さもなかりしものを」と言はんも詮《せん》なくて聞きゐたるほどに、証人にさへなされて、いとど定まりぬべし。

とにもかくにも、虚言多き世なり。（第七三段）

みんなが面白がって聞く嘘を、自分だけ「そんな風ではなかったんだが」と言うのも仕方ないので黙って聞いているうちに、その話の証人にまでされて、ますますその話が本当とされてしまう。

ともかく、この世は嘘偽りが多い。

自分も少しは関わりのある話を、誰かが大きく、とんでもない話にこしらえた時、聞く人たちが面白がっていると、話に割って入って否定するのは勇気のいることです。波風を立てたくない京都人・兼好は、きっと黙っていて、「ほら、あの人もこのことは知っているんだから」と言われ、閉口したのでしょう。

昔も今も、人の陰口を言う場面に居合わせたばっかりに、自分もその張本人にされてしまうことがあります。身の潔白を証明するのは難しいけれど、普段の行いにやましいところがなければ、おおむね濡れ衣は晴れるものです。世間はだま

嘘の良し悪しと世間で語られていること

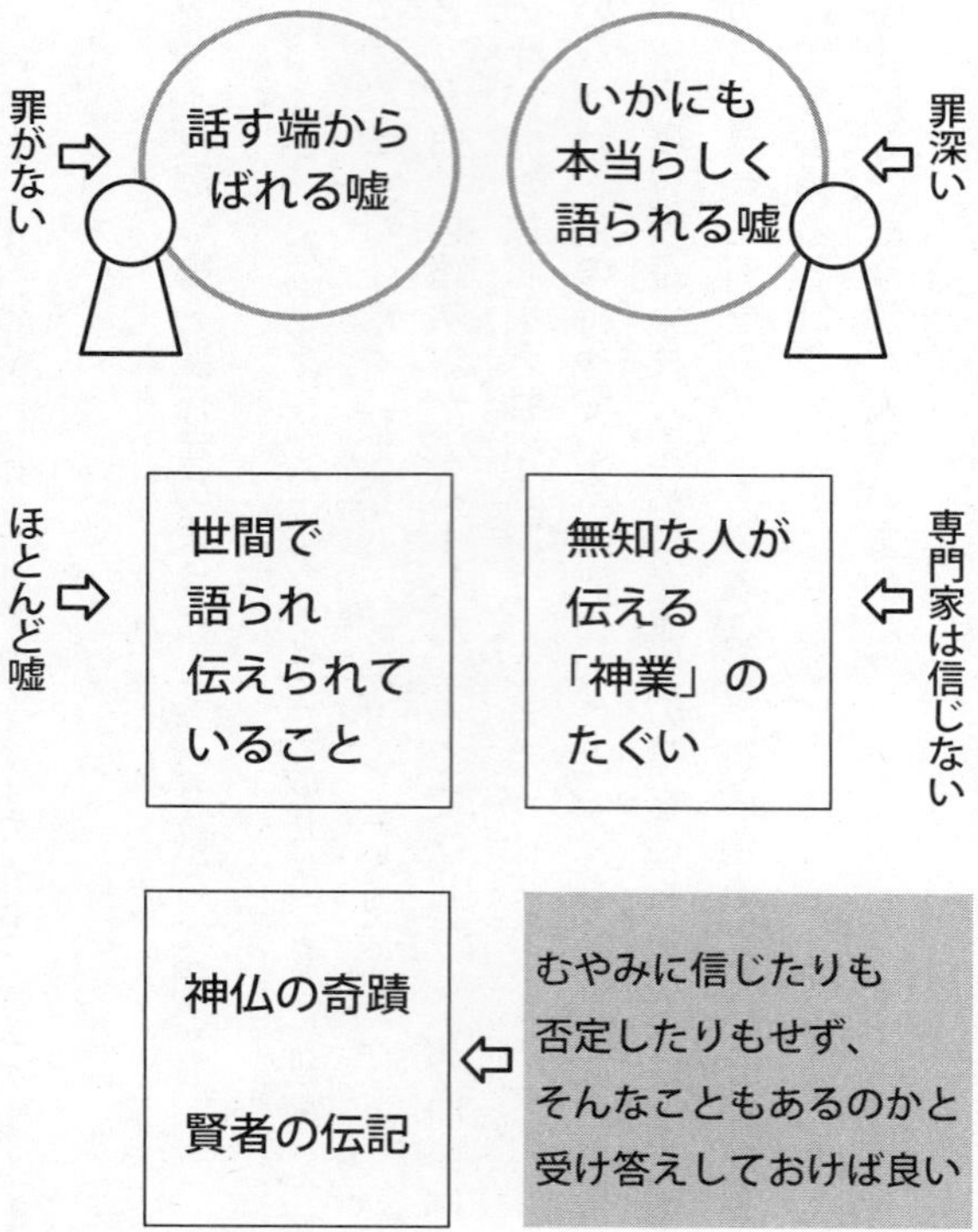

聞いておどろくような話でも、実際にはありふれた話であることがほとんどだと兼好は断じている。

されやすいけれど、案外冷静に見ているもの――だから、「人の噂も七十五日」と言うのでしょう。

世間の噂を関係者のようにしゃべり散らす田舎者

昔は、町内でそうした噂を広める人のことを、「放送局」とか「鉄棒《かなぼう》（金棒）引き」と言いました。大抵は、暇を持て余したオバサンという設定で、サルバトーレ・アダモのヒット曲で越路吹雪《こしじふぶき》がカバーした「ろくでなし」という曲には、町内の鉄棒引きのオバサンに目引き袖引き噂される若者が出てきます。

金棒というのは、鬼の持っている金砕棒《かなさいぼう》のことではなく、祭などで行列の先頭に立つ人が、金属製の長い杖の先端に金属製の輪をいくつかつけて、地面を引きずると「ガラガラ」と音を立てるもののこと。町内中を、その金棒を引きずって回るように噂を広めるわけです。

兼好の時代にも、そうした人がいました。

世中《よのなか》に、そのころ、人のもてあつかひぐさ[1]に言ひあへること、いろふ[2]べき際《きは》にもあらぬ人の、よく案内《あない》知りて、人にも語り聞かせ、問ひ聞きたるこそ、請《う》けられね[3]。ことに片ほとり[4]なる聖法師《ひじりぼふし》などぞ、世の人の上は、我が如《ごと》く[5]尋ね聞き、「いかでかばかりは知りけん」と覚ゆるまでぞ、言ひ散らすめる。（第七七段）

世間でちょうど噂になっていることについて、口を挟む立場にない人が、よく裏の事情を知って、人にも語って聞かせたり、人に尋ねたりするのは、感心しない。とくに田舎に住む世捨て人が、世情の話を、自分も関係があるように詮索《せんさく》し、「どうしてこんなによく

1：噂の種。
2：関わる。
3：感心しない、納得できない。
4：片田舎に住む世捨て人。
5：自分に関係することのように。

――知っているのか」と疑われるほど、しゃべり散らす。――

「片ほとり(片田舎)」というのは、京都の郊外で、遠く九州や東北ではありません。現在の大原《おおはら》や宇治《うじ》、嵯峨《さが》辺りでしょうか。その辺りには、俗世を遁《のが》れた人が庵を結ぶイメージがありました。

俗世から離れたはずの僧が噂話に興じることに、兼好は不快感を持ったのでしょうが、托鉢《たくはつ》や行《ぎょう》として歩き回る僧が、いろいろな情報を集め、また広めたのは、あり得ることです。僧形《そうぎょう》の連歌師《れんがし》たちが、戦国大名の情報源になったのは後世のことですが、西行《さいぎょう》もそうした役目を負って東北平泉《ひらいずみ》に行ったのだとも言われています。

「世に語り伝ふること、まことはあいなきにや、多くは皆虚言《そらごと》なり」(第七三段)

眉に唾をつけて、話半分で聞くのが大人の知恵でしょうか。

立ち話・世間話は見苦しくムダ

ろくでもない人ほど、誰彼かまわず無益な話をする

「どちらへ？」「ちょっとそこまで」「行ってらっしゃい」――ごく普通の会話で、誰もが経験するものです。あいさつ程度の会話で、情報としては、とくに内容はありません。このような会話を、兼好はこう言います。

世の人相逢《あひあ》ふ時、暫《しばら》くも黙止《もだ》[1]することなし。必ず言葉あり。そのことを聞くに、多くは無益《むやく》の談なり。世間の浮説《ふせつ》[2]、人の是非[3]、自他のために、失多く得少《すくな》し。（第一六四段）

1：黙ったままでいる。
2：世間で語られる根拠のない噂。
3：人の評判。人の良し悪し。

世間一般の人が互いに会う時、少しも黙っていない。必ず何か話をする。その話というのが、ほとんど無益な話である。世間の根も葉もない噂や誰かれの評判、そんな話は自分にとっても相手にとっても、損ばかりで益は少ない。

こうしたコミュニケーションの取り方は、私には猿の毛繕いのように思われます。話の内容に、たいした重みや意味はないのです。

専門用語で、毛繕いを「グルーミング」と言い、猿は互いに毛繕いすることで、友好を確かめ、安心感を高めているそうです。人間の世間話も同様の効果があるのではないでしょうか。その証拠に、未知の人を呼び止めて世間話をすることはありません。

とは言え、道に迷い、道案内してもらった場合であれば相手と少し世間話をす

話す態度と聞く態度

〈教養のない人〉

久しぶりに
会っても自分の話
ばかりする

外出から戻ると
見聞きしてきた
ことを話し続ける

大勢の前に出しゃばって
何でもまことしやかに
ウケねらいの話をする

つまらない話
でもよく笑う

〈教養のある人〉

大勢の前でも誰か
ひとりに語りかけている
ようで、聴衆が自然と
耳を傾ける

おもしろい話
でもそれほど
笑わない

兼好は、人が話す様子や内容、話の聞き方に教養や品格が現われると言った。

ることもあります。「今日は暑くなりましたね」とか「この辺りは緑が多いですね」とか、こうした言葉を交わすことで、互いに怪しい者ではないという安心感を与え合っているのです。

冒頭であげた「どちらへ？」の会話も、本気で隣人が出かける先を知りたいと思っているわけではありません。互いに顔を合わせて何も言わないのは「愛想なし」だからです。兼好だって、そんな会話は交わしたでしょうが、彼はしきりにおしゃべりな人を攻撃しています。

つぎざまの人[1]は、あからさまに[2]立ち出でても、今日ありつることとて、息もつぎあへず語り興《きよう》ずるぞかし。〈中略〉よからぬ人[3]は、誰ともなく、あまたの中にうち出でて、見ることのやうに語りなせば、皆同じく笑ひののしる、いとらうがはし[4]。（第五六段）

1：品格や教養の劣る人、二流の人物。
2：ちょっとした外出。
3：つぎざまの人と同義。対語は「よき人」。
4：騒々しくうるさい。

教養のない品格の下れる人は、ほんのちょっと出かけたくらいでも、帰ってくると、今日見聞きしたことだと言って、息つく間もないくらい面白がってしゃべる。〔中略〕ろくでもない人ほど、誰を相手にというのではなく、大勢の前にしゃしゃり出て、まるで目の前に見えるようにしゃべるので、みんなも同じように笑って大騒ぎする。何と騒々しく、やかましいことだ。

口数の多さが敬遠されるようになった

おしゃべりな人のことを、「油紙に火をつけたように」という形容があります。他人が口を挟めないほどまくしたてるのは、確かに品がない感じがしますが、古来日本の男性は、そう無口ではなかったようです。『万葉集《まんようしゅう》』や『源氏物語《げんじものがたり》』、『枕草子《まくらのそうし》』を読んでも、なかなか口マメな男性が多く出てきます。

男性が無口になってきた、あるいは無口な男性を評価するようになったのは、兼好のころからでしょうか。

江戸時代になると、「男は三年に片頰《かたほお》」などと言って、男子たるもの、威厳を保って、三年に一度、ちょっと片頰をゆるめる程度に笑うくらいで良い、ということわざが生まれました。そうした社会の中では、まめに人あしらいが上手く、「毛繕い（グルーミング）」の得意な人が出世すると、「あいつはゴマすりだけで出世した」と、皆でやっかむのでしょうか。

兼好は、こうも言います。「賤《いや》しげなるもの、（中略）人にあひて詞《ことば》の多き（品の悪いもの。それは、人に会った時ベラベラしゃべること）」（第七二段）。生まれつき口が減らず、人前で古典文学を「まるで見てきたように話す」と言われる私は、深く反省しなければなりません。

世間話はデマのもと⁉

さらに、第一九四段では、デマに対して人がどう対処するかが記されています。

「ある人の、世に虚言《そらごと》を構へ出だして、人を謀《はか》ることあらんに（つくり話で他人をだまそうとして）」と、人をだます目的で、まことしやかな嘘を広めようとしたという想定で、これに対する反応として、以下の十通りを挙げています。

①素直に本当だと信じてだまされる。
②あまりに深く信じ込んで、その嘘にさらに尾ひれをつける。
③嘘を聞いても何とも思わず、気にとめない。
④不審に思いながら、信じるでもなく、信じないでもなく、考え込む。
⑤本当とは思わないが、人の言うことだから、そうかもしれないと思う。
⑥あれこれ推測して、わかったような顔をして、もっともらしく「うんうん」などと言いながら、まったくわかっていない。
⑦ことの真相をいろいろ推測したあげく、「あぁ、なるほど」などと思いながらも、ひょっとして自分が間違っているかもしれないと疑う。
⑧「何だ、たいしたことじゃないな」と手を打って笑う。

⑨嘘の真相を承知しながら、それを口に出さず、黙っている。
⑩つくり話の意図を最初から承知して、つくり出した当人といっしょになって人をだます。

①②は扇動にのる危険な人、③～⑥は直接手を下さなくても黙認して加担する人、⑦⑧はわかったような顔をして行動しない人、⑨は嘘を告発しないことで結果的に加担する人、⑩は一番頭が良くて、しかも罪が重い人と言えるでしょう。
①から⑩へ向かって、庶民からエリートへとベクトルが向かっているようにも思えますが、兼好は、この十通りの対応に対して、望ましい対応は述べていません。この十通りを列挙した後に、「惑《まど》へる我等（ものの道理がわからず混迷する我等凡人）」と言っていることからも明らかでしょう。

教養ある人は怪しげなことを言わない

鎌倉時代から南北朝へと推移するころ、世の中には様々な噂が飛び交い、時代

の中心人物と目される人の言動も、多くの憶測とともに語られたことでしょう。その情報処理を誤ると、命に関わる時代でもありました。

兼好は、大覚寺統《だいかくじとう》寄りと見られていますが、大覚寺統も、後に南朝となる後醍醐《ごだい ご》天皇の派と、北朝寄りの派とに分かれ、兼好は北朝寄りの派であったと言われています。飛び交う噂への対応には、相当気を使っていたことでしょう。

だからでしょうか、兼好はこう呟《つぶ》やいています。

「よき人は怪しきことを語らず」（第七三段）

学識豊かで、家柄や身分の高い人は、怪しげなことは口にしないものだ、ということですが、耳にしたことはつい人に話したくなるもので……。

長居は迷惑。用が済んだらすぐ帰れ

出がけに来る人、かかってくる電話……困るけれど断われない

『枕草子《まくらのそうし》』には、「にくきもの」の筆頭に、「急ぐことある折に来て、長言《ながごと》する客人」が挙げられています。気安い人ならば、断わりを言って帰ってもらえるのですが、気のおける目上の人の場合は、ついズルズルとなりがちです。兼好も、その点は同感のようです。

さしたることなくて人[1]のがり行くは、よからぬことなり。用ありて行きたりとも、そのこと果てなば、とく帰るべし。久しく居たる[2]、いとむつかし。（第一七〇段）

1：人のもとへ。
2：長居する。

たいした用もないのに人を訪問するのは、良くない。たとえ用があって行くにしても、その用が済んだら、すぐ帰るべきだ。長居するのは、とても厄介だ。

誰しも心当たりがある場面。ビジネスでも同様です。出がけにかかってくる電話も同じでしょう。思い切ってそのまま家を出てしまう手もありますが、外出の用事に関する電話の可能性もあるので、つい電話に出てしまうと、お世話になっている方の「いかがお過ごしかと思って」という不急の電話だったりします。

相手は暇を持て余して、こちらは気が急く——そのような時は、

いとはしげに[1]言はんもわろし。心づきなき[2]ことあらん折は、なかなか[3]、その由をも言ひてん。（第一七〇段）

1：嫌そうに言う。
2：気乗りしない。話をする気にならない。
3：かえって、いっそのこ

いかにも気が乗らない様子で話すのも良くない。話をする気にならない時は、いっそのこと、そのわけを言ってしまうほうが良い。

と。

と、兼好は言っています。

「率直にものを言わない」と非難される京都人の兼好も、時にはこのように言うのです。「誰しも、人と会うと黙っておれずに、ムダな話をし、口数も増え、心身ともにくたびれて、互いのために良いことはない」とも言っているので、そもそも人と会うこと自体を好ましく思っていなかったのでしょうか。

来客について詠んだ歌人や小説家たち

江戸時代の歌人・橘曙覧《たちばなのあけみ》の「楽しみは」で始まる歌のひとつ——。

楽しみはいやなる人の来たりしが長くも居らで帰りけるとき

（『独楽吟《どくらくぎん》』）

内心歓迎したくない客があっさり帰ってくれた時、ほっとします。
また、同じ江戸時代の文人・大田蜀山人《おおたしょくさんじん》（南畝《なんぽ》）には、次の狂歌があります。

世の中に人の来るこそうるさけれ　とは云うもののお前ではなし

世の中で人の訪問ほど煩《わずら》わしいことはない、とは言うもののあなたは別だよ。
これをもじって、小説家・内田百閒《うちだひゃっけん》は、大田蜀山人の狂歌と並べて、次の札を玄関にかけていました。

世の中に人の来るこそうれしけれ　とは云うもののお前ではなし

兼好は、「客は来るのもうるさし、また来てうれし」と、いやな客には白目をむき（白眼視《はくがんし》し）、気の合う客には青眼《せいがん》をもって対した中国の賢人・阮籍《げんせき》を例にあげ、それに続けて、次のように記しています。

そのことなきに人の来りて、のどかに物語して帰りぬる、いとよし。また文《ふみ》も、「久しく聞えさせねば」などばかり言ひおこせたる、いとうれし。(第一七〇段)

とくに用はなくて、人がやって来てゆっくり話をして帰るのは、大変良い。また手紙も、「長いことご無沙汰していますので」と言って、とくに用もなくくれるのも、大変うれしい。

1：とくに用もなく。
2：のんびり、落ち着いて。
3：手紙。

訪問客はうっとうしいが帰ったら帰ったで寂しいもの

なんだ、要するに相手次第じゃないか、と言いたくなりますが、訪問する側の心得としては、あくまで長居するなということでしょう。

人と会って無駄話すると疲れると言いながら、兼好には、かなり人恋しい寂し

がり屋の一面もありました。

『兼好法師家集』では、「人を避けて比叡山の横川《よかわ》に引きこもっているのに、昔なじみがやって来て世間の噂話をするのがうるさい」と言いながら、「とは言え、帰った後のもの寂しいことよ」と、次の一首を詠んでいます。

山里は訪はれぬよりも訪ふ人の帰りて後ぞさびしかりける

「さしたることなくて人のがり行くは、よからぬことなり」（第一七〇段）

世間のつき合いは、一筋縄ではいきません。しかし、都合が悪い時は、率直に素直に告げる、というのがポイントかもしれません。

酒飲みは地獄に堕ちると心得よ

無邪気で罪はないが、万病は酒から起こると戒めた兼好の飲酒観

『徒然草』には、酒の失敗談が、いくつか挙げられています。第五三段は、酒宴の座興で大ケガした僧の話（183ページ参照）、第八七段は、酒乱の下男《げなん》に酒を飲ませて危うく命を落としかける話です。そして、第一七五段では、かなりの長文で酒の害が説かれています。

ともあることには[1]、まづ酒を勧めて、強《し》ひ飲ませたるを興《きょう》とする[2]こと、如何なるゆゑとも心得ず。（第一七五段）

1：何かことあるごとに。
2：面白がる。

何か機会がある度に、酒をすすめて無理に飲ませて
面白がるのは、一体どういうわけか理解できない。

現代でも、「一気飲み」の強制や「アルコールハラスメント（アルハラ）」が社会問題になっていますが、こうしたことは昔から変わらない日本の風習なのでしょうか。

兼好は、酔っぱらいをよく観察して、こと細かに描写しています。

・普段おくゆかしい人が、憚《はばか》りもなく大声で笑い騒ぎ、しゃべり散らし、烏帽子《えぼし》がゆがみ着物の紐がほどけても気にせず、衣の裾を脛《すね》の上までまくり上げたみっともない格好になる。

・女は、前髪をかき上げ、恥ずかし気もなく、顔を上向けて大笑いし、盃を持つ男の手に取りついたりする。

・歳をとった僧が、黒く汚い体で肌ぬぎになって、体をくねらせて踊り、それを

皆で笑い興じる。

・自慢話をしつこくしたり、泣き上戸になったり、悪口を言い合って喧嘩をしたりする。さらには人のものを無理やり取ったり、縁側や馬や車から落ちてケガをしたりする。

・大路をよろめき歩いて嘔吐したり、それなりの身分の僧がつき添いの稚児の肩に寄りかかって、訳のわからないことを言いながらよろめき歩いたりする。

飲む者も飲ませる者も地獄に堕ちるにちがいない

いやはや、よく観察して描写したものです。

そして、酒は百薬の長と言うけれど、万病は酒から起こるし、酒を飲む人も飲ませる人も「よろづの戒《かい》を破りて地獄に堕《お》つべし（飲酒によってあらゆる戒律を破り、ついには地獄に堕ちるにちがいない）」と言い切ります。たいへん過激な発言ですが、飲酒を強く断罪した後で、次のようにも綴《つづ》っています。

かくうとましと思ふものなれど、おのづから捨てがたき折もあるべし。月の夜、雪の朝《あした》、花の本《もと》にても、心のどかに物語して、盃出だしたる、よろづの興を添ふるわざなり。（第一七五段）

このように、酒はイヤなものだと思うけれども、たまには酒を捨てがたく思う場合もあるだろう。月の良い夜、雪の降った朝、桜の花の下などで、ゆっくり話などをしながら、盃を交わすのは、雪月花《せつげっか》の興にさらに興を添えるものだ。

中国唐代の詩人・白居易《はくきょい》の詩に「雪月花の時　最も君を憶《おも》う」という一節があります。雪月花は、平安の昔から日本人にも愛されてきた美意識です。四季折々、

美しい景色の中で好ましい人と語らう、その仲立ちとしての酒は、確かに良いものでしょう。

さらに兼好は、所在なく過ごしている日に、思いがけず友が来て飲む酒は心が慰められる、旅先や野山に出かけて、芝の上で一杯というのは面白い、お近づきになりたいと思っていた人と飲むことで親しくなれるのはうれしいなどと、酒の効用も挙げています。

「さはいへど、上戸《じょうご》はをかしく罪許さるる者なり」（第一七五段）

何のかのと言っても、酒飲みは面白味があって、無邪気で罪がない。あれほど非難した醜態も、最終的には「無邪気である」とするのですから、じつは兼好は酒好きで、いける口だったにちがいありません。そんな酒飲みから見ても、酒飲みの醜態は、やはり擁護できないものなのでしょう。

兼好の指摘に耳を傾け、大人の嗜《たしな》み方を身につけたいものですね。

兼好の飲酒への二面性

〈酒は悪行のもと〉

- 間違いをおかす
- 財産を失う
- 病気になる
- 知恵を失う
- 戒律をおかす

⇩

酒を飲む人も、飲ませる人も、地獄に堕ちる

〈こうした酒なら仕方ない〉

- 月の良い夜に飲む酒
- 雪の降った朝に飲む酒
- 花の下で飲む酒
- 冬に狭いところで肴を火であぶりながら飲む酒
- 旅先の宿や、野山、芝の上などで飲む酒
- することがない日に、思いがけず訪ねて来た友人と飲む酒
- なれなれしくできない高貴な方が御簾の中から差し出してくれる酒

⇩

時には飲まずにいられないこともある

飲酒は厳しく断じたが、仕方のないこともあると綴った。

面白くしようとしすぎるのは失敗のもと

出家しても俗気が抜けなかった仁和寺の僧の噂話

兼好は、仁和寺《にんなじ》のすぐ南にある双ヶ丘《ならびがおか》の辺りに庵を結び、墓もそこに設けたと言い伝えられています。仁和寺の僧とも縁があり、いろいろな噂を聞いていたようです。

第五二段は、「少しのことにも、先達《せんだち》はあらまほしきことなり（ちょっとしたことでも、案内役はほしいものだ）」という結語《けつご》で有名な段です。

石清水八幡宮《いわしみずはちまんぐう》の参拝に出かけた老法師が、八幡宮のふもとにある極楽寺《ごくらくじ》と高良《こうら》神社という付属社寺だけ拝み、肝心の山上にある八幡宮を参拝せずに帰ってしまいます。

この老法師、川舟を使って詣でることの多かった石清水八幡宮に、ただひとり、

徒歩で詣でていたというのがポイントです。徒歩で行くと、よりご利益があると思われたのでしょう。恋の通路《かよいじ》も、馬や車で行くより歩いて行くほうが、誠意があると思われたらしいのです。少なくとも、和歌や物語の世界ではそうでした。また、舟なら乗り合わせた誰かと話をして、事情を知る機会もあったでしょう。信心深い老法師のかたくなさが、かえってあだになりました。より有名な仁和寺の話が、第五三段です。

童《わらは》[1]の法師にならんとする名残とて、おのおのあそぶ[2]ことありけるに、酔《ゑ》ひて興に入るあまり、傍《かたはら》なる足鼎《あしがなへ》[3]を取りて、頭《かしら》にかづきたれば、つまるやうにするを、鼻をおし平《ひら》めて顔をさし入れて舞ひ出でたるに、満座興に入ること限りなし。（第五三段）

1：稚児の剃髪前に童姿を惜しむ。
2：歌舞音曲。
3：青銅など金属でできた三本足の両耳付の器。

稚児が剃髪《ていはつ》して僧になる名残の宴《うたげ》を開いた折に、ある僧が酔って調子に乗り、傍にあった鼎《かなえ》を頭にかぶったところ、つかえたので、鼻を平らに押さえて顔を突っ込んで舞い出したので、一座は皆やんやの大喝采をした。

三本足の鼎は、足つきの金属製の花瓶などを想像してください。それをかぶって踊ったというのです。

おそらく、当時の流行り歌「今様《いまよう》」に合わせて舞ったのでしょう。その歌詞は、平安末期に編纂《へんさん》された今様の歌謡集『梁塵秘抄《りょうじんひしょう》』に収められている、「我をたのめて来ぬ男　角《つの》三つ生《お》いたる鬼になれ　さて人にうとまれよ……（私に当てにさせておいて来ない憎い男、いっそ角が三本生《は》えた鬼になって、みんなから嫌われるといい……）」というものだったかもしれません。

「慰草」第 53 段の挿絵。右からふたりめが、鼎をかぶって踊る僧。
『なぐさみ草』 神奈川県立金沢文庫所蔵

「うまいうまい」と、一座の喝采が聞こえてきそうですが、問題はこれからです。舞い終わって、鼎を抜こうとするけど、口がすぼまっていて抜けません。一気に酔いも醒め、必死に抜こうとすると、首の周囲が切れて出血、腫《は》れ上がって息もできない状態に。医者に診せたものの、「こんな症状は本にも、口伝《くでん》にもない」と言って帰され、老母や縁者が集まって枕元で泣くばかり。

ついに、ある人が「たとえ耳や鼻がちぎれても、命だけは助かるかもしれない」と言い、首のまわりに藁《わら》しべを差し込んで力一杯引っぱったら、耳と鼻がもげて穴があき、命は助かったが長く患った、というのが顛末《てんまつ》です。

稚児の気を引こうと企んだ僧たちの顛末

続く第五四段も、仁和寺の稚児に関係する話です。

[1]御室《おむろ》にいみじき児《ちご》のありけるを、いかで誘い出《い》だして遊ばんとたくむ法師どもありて、[2]能ある遊び法師ど

1：仁和寺の門跡の住む御所。

もなどかたらひて、風流《ふうりう》[3]の破子《わりご》やうの物ねんごろにいとなみ出でて、箱風情《はこふぜい》[4]の物にしたため入れて、双の岡《ならびのをか》の便《びん》よき所に埋み置きて、紅葉散らしかけなど、思ひよらぬさまにして、御所へ参りて、児をそそのかし出でにけり。（第五四段）

仁和寺の御室御所《おむろごしょ》にすばらしくかわいい稚児がいて、なんとか誘い出して遊びたいと考えた僧たちが、芸の上手な遊僧《ゆうそう》も仲間に入れ、しゃれた白木の弁当箱を念入りにつくり、それをさらに外箱に入れて、双の岡の具合の良さそうなところに埋め、上から紅葉を散らして、誰も気がつかないようにして、御所へ行き、

2：芸能のできる僧、遊僧。
3：しゃれた意匠の白木の弁当箱。
4：弁当箱が汚れないように入れる外箱。

一　まんまと稚児を誘い出した。

仁和寺は、代々、法親王《ほっしんのう》（出家した皇子《おうじ》）が門跡を務める寺で、門跡の住居（御所）を「御室《おむろ》」と呼びました。これは、現在も仁和寺の地名となっています。御室桜という、丈の低い遅咲きの桜が名物で、後に「わたしゃお多福《たふく》　御室の桜鼻（花）が低《ひく》うても　人の好《す》く」と唄われました。

その御所に仕える稚児というのですから、それなりの家柄の男の子のはず。氏も育ちも良い美少年と野遊びがしたい、ピクニックに出かけて、歌や舞に興じたいということでしょうか。

後白河院《ごしらかわいん》の第二子で仁和寺第六世門跡・守覚《しゅかく》法親王が書いた『右記《うき》』には、稚児が外出する際は、師の僧の許可を得なければならない、とあります。おそらくこの僧たちは、許しを得ずに稚児を連れ出したのでしょう。

紅葉を散らしたのは、埋めた場所を隠すためと、白居易《はくきょい》の「林間に酒を煖《あたた》むるに紅葉《こうよう》を焼《た》き、石上《せきしょう》に詩を題するに緑苔《りょくたい》を掃《はら》う」という詩にちなんだと考えられ

ます。

さて、その顛末は――弁当を埋めた場所で、数珠をおしもみ印を結び、弁当を祈り出すしぐさをしてから掘ったものの、弁当は跡形もありません。そこら中を掘ったあげく、互いに言い争って、空しく帰ります。じつは、弁当を埋める様子を見ていた者が、さっさと盗み出していたのでした。

この結末に兼好は、

「あまりに興あらんとすることは、必ずあいなきものなり」（第五四段）

あまりに趣向をこらし過ぎると、必ず面白くない結果になって失敗するものだと、結論づけています。

耳と鼻のもげた僧といい、美少年と遊びそこなった僧といい、企み過ぎは良くないということです。話も、面白がらせようとしすぎるとウソがまじるのと同じです。

情緒のわかる友人を持て

考えの違う人とは仲良くなれない!? 兼好も悩んだ友人選び

気が合って、一日中話をしても話し足りない、という友人もいれば、喧嘩をしたわけでもないのに、何となく疎遠になる親友もいます。イヤな感じだと思っていた同級生と数十年ぶりに再会して、互いを再発見して信頼が生まれることもあれば、相手の欠点を受け入れることで、長く続く関係も――。友人は、一筋縄では語れません。

兼好は、諧謔《かいぎゃく》も含めて、友人をこう分類します。

友とするにわろき者七つあり。一つには高くやんごとなき人、二つには若き人、三つには病なく身つよき

人、四つには酒を好む人、五つには[1]たけく勇める兵《つはもの》、六つには虚言《そらごと》する人、七つには欲ふかき人。
よき友三つあり。一つには物くるる友、二つには医《くす》師《し》、三つには智恵《ちえ》ある友。（第一一七段）

友とするのに良くない者が七つある。一つには身分高く高貴な人、二つには若者、三つには無病で頑健《がんけん》な人、四つには酒好き、五つには勇猛な武士、六つには嘘をつく人、七つには欲深《よくふか》な人。
良い友には三つある。一つはものをくれる友、二つには医者、三つには知恵のある友。

1：勇猛な武士。

どの程度本気で書いたのか判断に困りますが、納得できる部分もあります。

高貴な方には、気をつかって本音では話せないだろうし、若い人や頑健な人は、とかく弱者への想像力に欠け、思いやりの気持ちが薄いことも。酒癖の悪い人は始末に困ります。やたら勇ましい人、兼好は東国武士を頭に置いて言っているのか、はたまた鎌倉に対抗したがっている京の武断派のことを言っているのか、どちらにしても危ない人に違いはありません。嘘つきと欲深な人は論外でしょう。

一方、友だちに持ちたいのは、医者と思慮深い人。これは、わかります。ものをくれる友というのは、やや諧謔が入っているのかもしれませんが、確かに、折にふれ、季節の食べものや好物、探していた本などをくれる友は、うれしいもの――「もの」という形で、気にかけているのだという心を示してくれるわけですから。

頑健な人を避け、医者を頼みにするのは、兼好に健康上の不安があったり、病弱だったりしたのかもしれません。

酒好きについては、176ページで紹介したように、兼好は散々に断罪していますが、好ましい飲み方や相手のある飲み方には理解を示しています。

つきあいたくない人

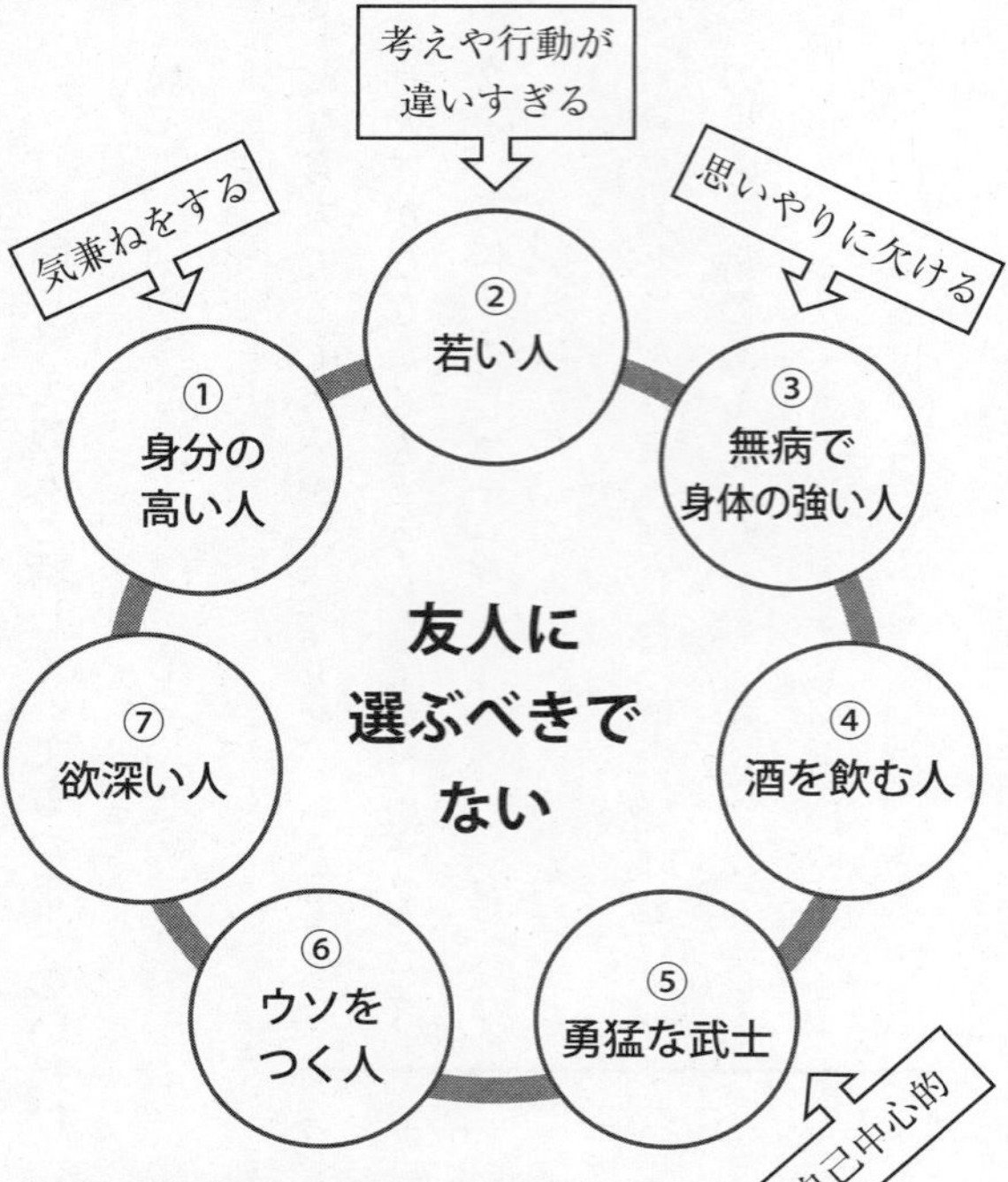

人とつき合うときに大切なこと

・かならずしも意見が一致しなくてもよい
・反対意見も遠慮なく言い合える

兼好の人間観がよく現われており、現代に通ずるところも多い。

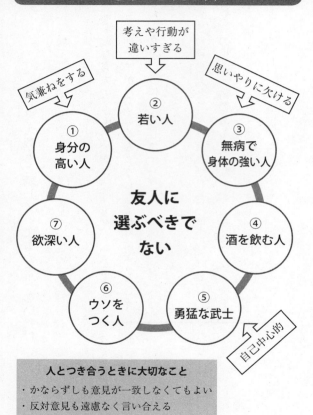

同じ考えの人と話していてもつまらないだけ

友については、別のところで、こうも言っています。

同じ心ならん人としめやかに物語して、をかしきことも、世のはかなきことも、うらなく[1]言ひ慰《なぐさ》まんこそうれしかるべきに……。（第一二段）

同じ考えの人としんみりと話し合って、興味深いことやこの世の無常であることなども、へだてなく腹蔵《ふくぞう》なく話し合うことができれば、さぞうれしいだろうが……。

1：包み隠すことなく、へだてなく。

気の合う友人とじっくり話し合えたらうれしいだろう、と書き始めていますが、この後、丸っきり同じ意見の人ではつまらない。かと言って、違う意見の人と話すと、「なるほど」と思うことはあるだろうが、やはり考えの違う人とは「まめやかの心の友（真実の心の友）」になれないと結論づけるのです。気難しいのか、許容範囲が狭いのか……。続く、第一三段では、こうなります。

ひとり、燈《ともしび》のもとに文《ふみ》[1]をひろげて、見ぬ世の人を友とするぞこよなう慰むわざなる。（第一三段）

1：書籍。

ただひとり、燈火の下で書物を広げて、昔の人を友とするのは、この上なく心慰むことだ。

兼好が「見ぬ世の友」とした白居易《はくきょい》も、「書物展《ひろ》ぐるとき故人に逢う」と言っ

ています。この「故人」は、亡くなった人ではなく、知己《ちき》という意味です。

かつては、現代のように同時代の作家の作品が読めることは少なく、書物でしか会えない友人といえば、大抵が過去の人物でした。兼好が挙げているのも、約千年にわたる一三〇人七六〇編の詩文が選集された『文選《もんぜん》』、白居易の『白氏文集《はくしもんじゅう》』、『老子《ろうし》』など、兼好が生きた時代よりも古い中国の書籍です。

ただ、これはあまりにも一方的な友人関係と言えるでしょう。本の中の「見ぬ世の友」は、反論したりしませんからね、と兼好に言いたくなってしまいます。

友人と考えを高め合うことはできない!?

日本人の議論下手は、昔からなのでしょうか。議論しようとすると、すぐ喧嘩になったり、自分の主張ばかり大声で言う人が出たりするのは、珍しいことではありません。対立する概念をぶつけてより高い概念に発展させる――「アウフヘーベン（止揚《しよう》）」は、今の時代、流行《はや》らないのでしょうか。

兼好も、友人に苦言を呈されて納得している場面があります。ある友人が、兼

好の家に来るなり「この庭は無駄に広い。細道《ほそみち》を一本残して、あとは畠《はたけ》にしなさい」と忠告します。すると、兼好は、「確かに、少しの地面でも無駄にするのは良くない。食物か薬草などを植えるのが良い」と考えを改めます（第二二四段）。

庭に植える木は、松、一重《ひとえ》の桜、白か薄紅《うすくれない》の梅などが良いと言い（第一三九段）、それもわざと整えたのではない、年代のついたものが良いなどと気難しいことを言っているわりに、この段ではずいぶん素直です。相手によっては、素直に忠告を聞いたのでしょう。

「心あらん友もがな」（第一三七段）

「見ぬ世の人を友とするぞこよなう慰《なぐさ》むわざなる」（第一三段）

「情緒のわかる友人がほしいな」と言いつつ、「昔の人を友とするのが何より心慰むことだ」とも吐露する。人恋しくも気難しい——友人を選ぶのは、兼好も苦手だったのかもしれません。

時には世間との接触を断て

退屈で孤独なのはむしろ◎。兼好が奨励した「引きこもり」

私の祖父は、田舎の小学校の校長を務めて退職した人でしたが、雨の日が好きでした。人がやって来ないからというのが理由で、「さしたることなくて人のがり行くは、よからぬことなり（用もないのに人の家に行くのは、良いことではない）」（第一七〇段）と言った兼好に通じるところがありました。

家や自室にとじこもることを、現代では「引きこもり」とも言い、社会問題のひとつです。部屋にとじこもった子どもをどうやって外へ出すのか、そのサポートを仕事にしている人までいます。

一方、兼好は、「引きこもり」に肯定的でした。

山寺にかきこもりて、仏に仕《つか》うまつるこそ、つれづれもなく、心の濁りも清まる心地すれ。（第一七段）

山寺に籠《こも》って、仏に勤行《ごんぎょう》申し上げる時こそ、やりきれない無聊《ぶりょう》もなく、心の中の俗な穢《けが》れも洗われるような気がする。

山寺と言っても山奥ではなくて、京の町中から少し離れた大原《おおはら》や宇治《うじ》、嵯峨野《さがの》辺りですが、町の喧噪《けんそう》や人間関係から距離をおいて、仏様と対峙していると、内省に時を忘れ、心の中の煩悩《ぼんのう》も清められるような気がすると言うのです。

つれづれわぶる人は、いかなる心ならん。まぎるる方なく、ただひとりあるのみこそよけれ。（第七五段）

退屈で孤独な状態を嘆く人は、いったいどういう心持ちなのか。気を散らすものもなく、ただひとりでいるのはいいものだ。

もちろん、現代の「引きこもり」とは違うでしょうが、外の世界との関係を時に遮断することを奨励している点は注目すべきでしょう。

コミュニケーション能力が高くないと生きていけないとか、社会に出て順応していくのが人間のあるべき姿なのだといった、誰か、あるいは何かとつながっていることを重視する価値観に異議申し立てしているとも読めます。

兼好は、人と接する時は、つい愛想笑いしたり、相手に話を合わせて逆らわないようにしたりして、ひとりになると「あぁ、疲れた」などとつぶやいていたのではないでしょうか。第五段では、「深い憂慮にとらわれた人が、生きているのかいないのかわからない有様で、門を閉じてとじこもり、世間に期待することもなく日々を過ごすのは、それはそれで望ましいあり方だ」とまで言うほどです。

パート5

美

～変化の中にあり

美は千変万化する様相の中にあり

四季の移ろいや花鳥風月に見る兼好法師の美意識とは

世の中にたへて桜のなかりせば春の心はのどけからまし　（『古今和歌集』）

在原業平《ありわらのなりひら》は、「この世に桜というものがなかったなら、花の咲く前の待ち遠しさや、咲いた後の散ってしまわないかと心配することもなくて、のんびりと春を過ごせるのに」と反語的に詠みましたが、日本の自然の美は、四季ごとの景色の変化にあることは、多くの人が認めるところでしょう。

兼好は次のように述べています。

—　折節《をりふし》の移り変るこそ、ものごとにあはれなれ。　—

〔中略〕花もやうやうけしきだつほどこそあれ、折しも雨風うちつづきて、心あわたたしく散り過ぎぬ、青葉になりゆくまで、よろづにただ心をのみぞ悩ます。（第一九段）

季節の移り変わる様子は、何につけても趣き深いものだ。〔中略〕桜の花がようやく咲き始めるやいなや、あいにく雨風の日が続き、気ぜわしく散ってしまう。桜の枝が青葉におおわれる葉桜になるまで、何かとひたすら気がもめることが多い。

この段の中で兼好は、「春はただ花のひとへに咲くばかり物のあはれは秋ぞま

される（春はただ桜が咲くだけだ、風情や趣きは秋が上だ）」という古歌を引き、「昔からそう言われてきたのももっともだけれどウキウキするのは春でしょ？」と言って、桜の咲き具合に気をもむ人々の様子をこと細かに描写します。

現代人も、共感できることでしょう。人々がニュースに伝えられる桜前線に注目し、盛りの桜を求めて右往左往する風景は毎年のことです。しかし、それで本当に「美」がわかったと言えるのか、兼好は思考を巡らせます。

花は盛りに、月はくまなき[1]をのみ、見るものかは。雨にむかひて月を恋ひ、垂れこめて[2]春の行方知らぬも、なほあはれに情深し。（第一三七段）

花は満開を、月は空に雲もなく輝いているのばかりを楽しむものだろうか。雨の降ってくる空に向かって

1：曇ったところがない。
2：室内に引きこもって。

月が見えたらなと思い、部屋に引きこもって春の移りゆく様子も知らぬ間に過ぎていくというのも、やはりしみじみと心にしみる。

花に浮かれる世間をよそに、部屋にこもるのは、病気をしているのか、はたまた俗世の喧噪から一線を画したいのか。

文化を理解しない人を嫌った兼好

目の前にないものを思い描いて鑑賞するという美意識は、眼前の美に酔うよりも、一段と高級かもしれません。想像力や古人の歌・絵などによる文化的知識によって支えられた鑑賞だからです。京都・祇王寺《ぎおうじ》の庭には桜の古木がありますが、丈が高く、室内に座っていては、満開の花を見ることができません。庭一面に広がる苔の上に、花びらが散るのを楽しむと言われています。

少し出遅れて葉桜になってしまったころ、桜の木の下を歩いていると、どこに

残っていたのか、桜の花びらが風に吹かれて、はらはらと舞い落ちてくることがあります。もう花見客もいなくなった、人影まばらな小道で……。そんな花の風情を、「あはれ」と思うこともあるのではないでしょうか。

芭蕉《ばしょう》の句に、

花の雲鐘は上野か浅草か

（『続虚栗《ぞくみなしぐり》』）

というのがあります。芭蕉が深川の庵にこもっていたころ、はるかに満開の桜を遠望し、折からの鐘の音を、上野・寛永寺《かんえいじ》か浅草・浅草寺《せんそうじ》かと案じたものと言われています。芭蕉の目に映ったのは、遠い桜の花か、はたまた夕焼けに染まった白雲か。それを想像する私たちの目にも、ほのかに薄紅《うすくれない》の花とも雲ともつかないものが見えてきます。これこそが文学の力、文化の伝統なのでしょう。

兼好は、第一三七段で、不粋なやつらは「あそこもここも花が散ってしまって、もう見所もない」などと言う。だいたい田舎者に限って、花の間近に寄って凝視

したり、花の下で酒を飲み、連歌《れんが》したり、あげくに大きな枝を折り取ったり。とにかく、少し距離を置いて眺めるということをしない、とののしっています。

この「田舎者」とは、必ずしも地方出身者を指すものではありません。ものを知らない、風趣《ふうしゅ》を解さない、文化程度の低い人を言うのでしょう。

兼好は、季節の移り変わる、その流れに注目します。

春暮れてのち夏になり、夏果てて秋の来るにはあらず。春はやがて[1]夏の気を催し、夏より既に秋は通ひ[2]、秋はすなはち寒くなり、十月[3]は小春《こはる》[4]の天気、草も青くなり、梅もつぼみぬ。（第一五五段）

春が暮れてから夏になり、夏が終わって秋が来るのではない。春はそのまま夏の気配を生じ、夏のうちに

1：とりもなおさず、そのまま。
2：気配が入り交じり。
3：旧暦の十月は冬の始め。
4：小春日和。

もう秋がしのび寄り、秋になればすぐに寒くなり、（かと思うと冬の）十月に春を思わせる日があり、やがて草も青み、梅もつぼみをもつようになる。

「小春の天気」は、六世紀ごろの中国の歳時記《さいじき》『荊楚歳時記《けいそさいじき》』に、「十月は天気和暖《わだん》にして春に似たり。故に小春《しょうしゅん》という」とあるのが出典でしょうが、『徒然草』の用例が、後の「小春日和」の先駆けとされています。

「すべて、月・花をば、さのみ目にて見るものかは」（第一三七段）

月でも花でも、それに限らず、目で見るものと限定するのがおかしい、と兼好は言います。花鳥風月は、それぞれの文化、文明の中で意味づけされ、芸術を生んできた、その歴史と伝統の上に「美」があるのだ、と。「心眼《しんがん》」という言葉もありますね。

花鳥風月についての兼好の美意識

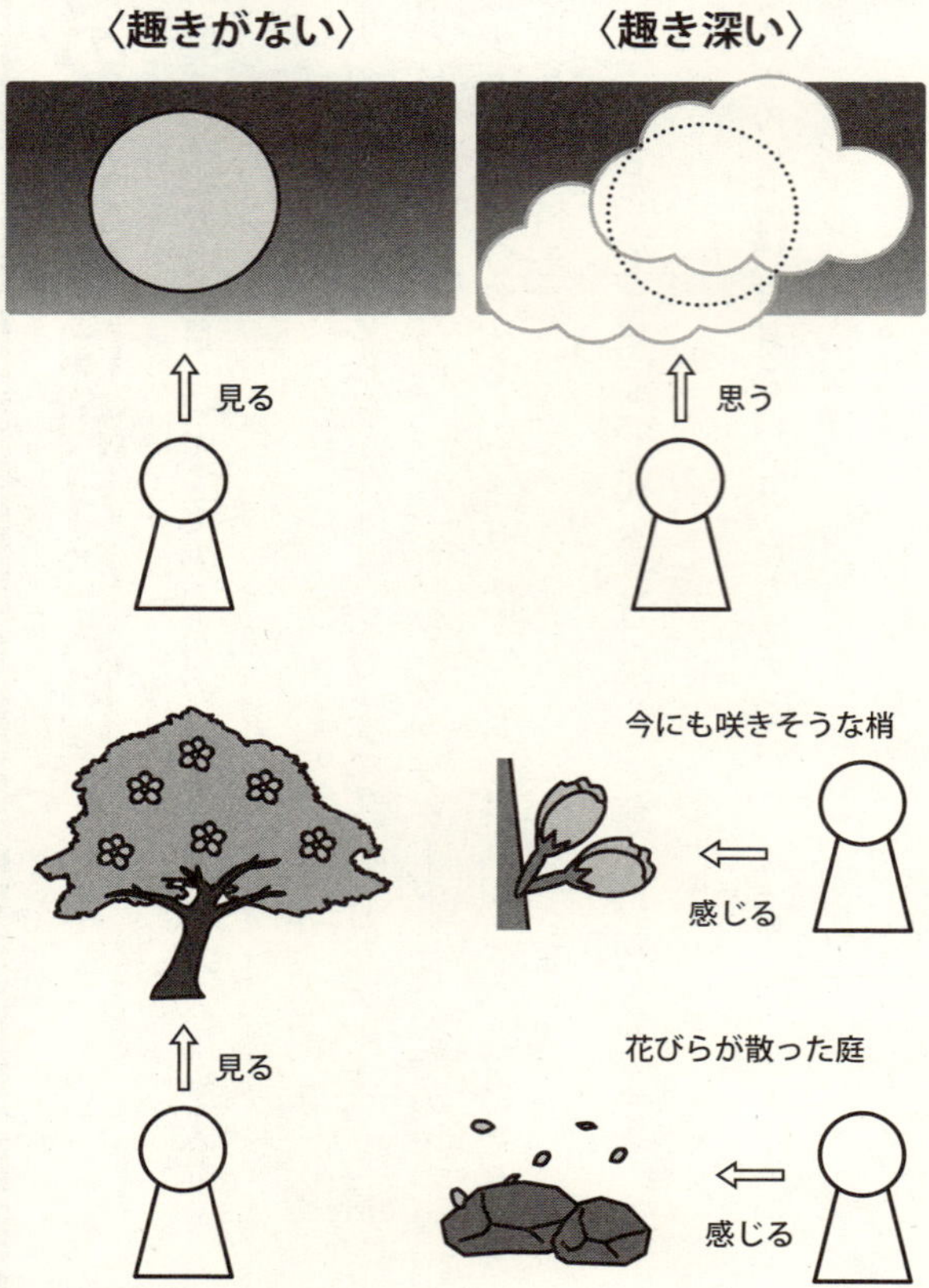

兼好は、花鳥風月の華やかな状態そのものではなく、むしろその状態を思ったり感じたりすることに情緒があるとした。

月の美しさは満月にあらず

夜の美を演出する「月」——その楽しみを知らない大人は半人前

日本人の愛する自然の伝統美——そのひとつが「雪月花」です。と言っても、もともとは京都人の美意識。それが日本のスタンダードとなったので、雪国の方などは少々反発があるかもしれませんが、「月」は文句なく、皆に愛される自然美でしょう。

兼好は、どちらかと言うと、花より月について熱心に論じています。

よろづのことは、月見るにこそ慰むものなれ……。（第二一段）

―何につけ、月見こそが心慰められることだ。―

この世の煩わしいこと、ストレスも皆、月を見ると清清《せいせい》するということです。第二一段では、この後、月と露のどちらがすばらしいかの争いを述べ、風もまた季節の移り変わりを知らせるきっかけとなるし、岩のある川を流れる水も良いと続きます。

ここで「露」が出てくることに、違和感を覚える人もいると思います。現代の都会では、露を見る機会は減りました。夜露・朝露は、昼の気温が夜になってぐっと下がらないと生じないからです。熱帯夜に悩まされる都会では、冷たいビールグラスの外側につく雫くらいが露でしょうか。

露が月に対抗するには、一面の草の葉におりた露が、月光にキラキラ光っている景色でなければなりません。『伊勢物語《いせものがたり》』で、恋人に背負われて駆け落ちした姫が、露を見て「あのキラキラ光るのは何?」と聞く場面があります。月は一つ、露の輝きは無数。だから対抗できるのです。

さて、月は月でも、いつの月が良いのでしょうか。

兼好は、このうえなくすばらしいのは秋の月であるとして、「いつでも月はこんなものだと、他の季節の月と区別できないような人は、なんとも情けない人」(第二一二段)だと断じています。私は、春の少しうるんだ朧《おぼろ》月も、冬のさえざえとした月も良いと思っています。清少納言《せいしょうなごん》は夏の月も良いと言っていますし、紫式部《むらさきしきぶ》は冬の月は冷《すさ》まじという人がいるけれど、それは心浅いと批判しています。

愛でる状況や見る人の心情も月見の醍醐味

兼好は、秋の月を良しとする理由を、古代から伝わる天文道を典拠にして、旧暦の八月十五日と九月十三日は天文道で言う二十八宿の一つ「婁宿《ろうしゅく》」で、清明《せいめい》の気が満ちるから、月見の最適日だと言っています。

夏の湿気がなくなり、空気の澄んだ秋の空にくっきり浮かぶ月が良い、と言えばいいものを、中秋《ちゅうしゅう》の名月と「後《のち》の月」とされる十三夜を愛《め》でるのに、わざわざ天文道を持ち出すあたり、理屈の多い厄介なおじさん像が見え隠れします。

もっとも、兼好は、夏の月と冬の月を詠んだ歌も残しているので、秋以外の季節の月の美を認めなかったわけではないでしょうが、月の決定版は「秋」と言いたかったのでしょう。

第一三七段では、満月の曇りのないのを満天のすみずみまでずっと眺めるよりも、待ちに待ってようやく出てきた有明の月が、心にしみるように青味を帯びて、深山の杉の梢の上に見えたり、木の間からその月光がもれてきたり、また時雨《しぐれ》を降らせた雲の間からちらりと見えるのも感動的だ、述べています。

月を愛でるのに、その状況や見る人の心の具合なども鑑賞の重要な要素とするのが、「文化」というものでしょう。

「よろづのことは、月見るにこそ慰むるものなれ」（第二一段）

現代人の私たちも、さえざえとした月を見ていると、煩わしい世間を忘れて、心が澄みわたる気がするでしょう。

ものや人の本質は夜にこそ現われる

感性が研ぎすまされる暗闇や夜に美しいものは本物だ

「夜《よ》目《め》遠《とお》目《め》笠《かさ》の内《うち》」ということわざ・成句があります。女性が実際以上に美しく見える条件を並べたものです。明るさの対極の陰に美を認めた谷崎潤一郎《たにざきじゅんいちろう》の随筆『陰翳礼讃《いんえいらいさん》』も、知られています。

兼好は、夜の美しさについて、次のように述べています。

よろづの物のきら[1]、飾り、色ふし[2]も、夜のみこそめでたけれ。〈中略〉人の気色《けしき》も、夜の火影《ほかげ》ぞ、よきはよく、物言ひたる声も、暗くて聞きたる、用意[3]ある、心にくし。

1：外見の美、華やかさ。
2：色彩。
3：気づかいのあるさま。
4：物音。楽器の音を言うことが多い。

匂ひもものの音も、ただ夜ぞ一際《ひときは》めでたき。[4]（第一九一段）

すべて何につけ、きらびやかさ、装飾、色彩は、夜見てこそすばらしい。（中略）人の容姿も、夜の灯《あかり》で見ると、美しい人はいっそう美しく、話をする声も、暗いところで聞いていると、その気配りある言葉づかいが、奥ゆかしく感じられる。（香の）匂いも楽器の音も、もっぱら夜こそがすばらしい。

せっかく功績を上げても、出世しても、誰にも認めてもらえないことを「夜の錦」と言います。きらびやかな錦《にしき》の衣を着ても、闇夜では誰にも知られないからムダだということのたとえです。

しかし兼好は、錦も夜が美しいと、反語的に言います。油皿《あぶらざら》に灯心《とうしん》をひたして

火を灯《とも》す灯台《とうだい》や、ろうそくの明かりに照らされた状況を想像してください。チラチラと揺らぐ明かりに映える錦織の金糸銀糸《きんしぎんし》、華麗な文様を思い描けば、納得できるでしょう。

谷崎の『陰翳礼讃』でも、漆器に映えるろうそくの炎の揺らぎを、「夜の脈搏《みゃくはく》」と言っています。

非日常の闇は五感を刺激する

清少納言《せいしょうなごん》の『枕草子《まくらのそうし》』では、「夜まさりするもの（夜に引き立つもの）」として、なめらかに艶出しした濃い紅のつややかな衣、女性の美しい髪、琴の音色などを挙げています。

じつは、「かたち悪き人の気配よき（容貌はいまいちだけど物腰や立ち居振る舞いの端正な人）」も夜に美しいものとして挙げられていますが、これは彼女らしいウィットでしょう。ほかのところでは、「あそびは夜、人の顔見えぬほど（管絃《かんげん》の催しは夜が良い。吹奏楽器の奏者の頬をふくらませたり、顔を歪ませた

りしているのが見えないのが良い）」と言っています。

昔の夜は、現代とくらべものにならないほど闇が深く、今なら暗いと思われる火影もキラキラ見え、そのゆらめきに映える螺鈿《らでん》や金銀の飾りは、幻想的でロマンチックだったことでしょう。人の声、楽器の音、香の匂いなどは、皆、暗い中で集中して感受されます。今でも、夜道でふと匂ってくる沈丁花《じんちょうげ》やくちなし、金木犀の香りは、当時を偲ばせるものがあります。

地域や日によって行われている、星を見るために照明を落とす試みは、たまには良いですね。寺などにある胎内くぐり――真っ暗な中を手すりをたよりに歩く――が人気なのも、現代では非日常の闇を経験するからかもしれません。

「匂ひもものの音も、ただ夜ぞ一際《ひときは》めでたき」（第一九一段）

ものや人の本質も、感性がとぎすまされる暗い中でこそ、はっきりするのでしょう。

時代がついた古いものは美しい

新しいものは品がない——現代にも通じる兼好のものの価値観

骨董品の値打ちは、素人にはわかりにくいものです。だからこそ、「目利き」と言われる人の鑑定がものを言うのですが、落語にも「火焔太鼓《かえんだいこ》」「井戸の茶碗」「猫の皿（猫の茶碗）」「はてなの茶碗」など、「えっ、こんなものがお宝？」という話がたくさんあります。

「火焔太鼓」は、古道具屋が仕入れたホコリだらけの古い太鼓が、じつは値打ちもので、お殿様が三百両で買い上げてくれる、という話です。「こんな太鼓、ホコリを払ったらなくなっちまうよ」と言われるような代物が、じつは——という展開は、テレビの骨董鑑定番組も同じ。その意外性が、皆を引きつけるのでしょう。兼好も、印象的な話を記しています。

「羅《うすもの》[1]の表紙《へうし》は、とく損ずるがわびしき」と人の言ひしに、頓阿《とんあ》[2]が、「羅は上下《かみしも》はつれ、螺鈿《らでん》[3]の軸は貝落ちて後こそいみじけれ」と申し侍りしこそ、心まさりして覚えしか。（第八二段）

「羅を張った表紙は（美しいけれど、薄いので）すぐ傷むのが困る」とある人が言ったところ、頓阿が、「羅の表紙は上下の縁《ふち》がほつれ、螺鈿をはめた軸は貝が落ちてしまった後が良くなるのです」と申したのが、さすがと感心させられた。

1：書籍や巻物の表紙に羅や紗が張ってあるもの。
2：当時の代表的歌人（一二八九〜一三七二年）。兼好の友人で、ともに二条為世門の四天王と言われた。歌論書『井蛙抄（せいあしょう）』を著した。
3：貝殻の内側の真珠光のある部分をはめこむ装飾。ここは、巻物の軸の上下端にはめたもの。

羅《ら》は絹のすける織物で、もちろん高級品です。しかし、本や巻物の表紙に張ると、紙の縁の部分は、どうしてもすれて切れてしまいます。巻物の軸は、堅い木

や象牙でつくられ、その上下両端に螺鈿をはめ込んで装飾（象嵌《ぞうがん》）しても、長年の間に取れてしまう。頓阿は、こうした状態が良いと――つまり、長い年月を経て時代がついた状態を愛《め》でているのです。

高価でなくても良質なものを選ぶ

この話に続いて、兼好は、何巻もある本の装丁《そうてい》が揃っていないことを、仁和寺の僧・弘融僧都《こうゆうそうず》が、「何でも必ず同じに揃えようとするのは、つまらない者のすることだ。不揃いがいいんだ」と言ったのも褒めています。

江戸時代以前の本は、書写して普及したので、誰かに貸して帰ってこなかったり、なくしたりして欠本ができると、また同じ本を他の人から借り、書き写して補充していました。そうすると、まったく同じ装丁の本はできないわけです。勅《ちょく》撰和歌集《せんわかしゅう》や『源氏物語《げんじものがたり》』などは、二十～五十巻以上ありましたし、漢文の書物「漢籍《かんせき》」や仏典には、何巻にもわたるものが多かったと考えられています。不揃いの本も多かったことでしょう。

また、第八一段の末尾では、屏風《びょうぶ》などの調度について、「古めかしきやうにて、いたくことことしからず、費《つひ》えもなくて、物がらのよきがよきなり（古風な昔ながらのつくり方で、仰々しくなく、高価ではないが良質のものがよい）」と言っています。

兼好は、人の手にならされて、色がくすんだり、角が欠けていたりする、時間を経て変化したものの価値を認めていたのでしょう。

「何事も古き世のみぞ慕《した》はしき」（第二二段）

何によらず昔のものがいいという兼好の嘆きは、現代にも通ずるものがあります。大量生産・大量消費の時代、ブランド品全盛時代を経て、手作りの一点物を大切に使おうとする人も増えているようです。

次世代に残すなら、十分に古いものがいいのかもしれませんね。時間は、お金では買えませんから。

持ちものや調度品はその人を表わす

高価なものを退け、親しみが湧く普通のものを持つ生活

見かけで人を判断してはいけないという教えは、ずっと昔からくり返し言われてきました。

みすぼらしい姿の旅人が、じつは神様や仏様の化身だったとか、身分の高い人だったという神話や昔話は、枚挙にいとまがありません。商家の隠居がじつは水戸のご老公という時代劇「水戸黄門」の肝も、そこにあるのでしょう。

この教えが、現在に至るまで廃れないのは、私たちが見かけで人を判断するからです。だからこそ、人は高い服を着て、高い時計やアクセサリーを身につけ、高級車に乗るわけでしょう。

しかし兼好は、少々違うことを言っています。

大方持てる調度《てうど》にても、心劣りせらるることはありぬべし。さのみよき物を持つべしとにもあらず。（第八一段）

その人の持っている道具類からも、思っていたよりがっかりさせられることもありそうだ。だからと言って、そんなに上等なものを持てと言うわけではない。

1：がっかりさせられる。幻滅させられる。

持ちものによって人を判断することは避けられないにしても、必ずしも高級品を持つ必要はない、と言うのです。では、どうするか。頑丈一点張りの無骨なものは論外にしても、逆に必要もない飾りをつけるのも趣味が悪い。それで、兼好は「聞いたことも見たこともないような珍しいものは親しみが湧かない。普通のものが良い」（第一三九段）と結論づけています。

舶来品を並べた部屋や人工的な庭は見苦しい

身の回りの道具や品々が、その人の趣味を表わすということについては、時代や洋の東西を問わずに共通する認識です。それは、ブランドや材料の価値に頼るのとは、決定的に違います。

兼好の時代の「もの」は、基本的に一つひとつ手づくりですから、次のように言っています。

多くの匠《たくみ》[1]の心を尽してみがきたて、唐《から》の、大和《やまと》の、めづらしくえならぬ[2]調度《てうど》どもならべ置き、前栽《せんざい》[3]の草木まで心のままならず作りなせる[4]は、見る目も苦しく、いとわびし。（第一〇段）

1：職人、大工。
2：言うに言えないほどすばらしい。並みひと通りでない。
3：庭の植込み。
4：自然のままでなく。草や木の本来の姿でなく。

たくさんの職人が一生懸命に磨き上げ、唐からの、日本のと珍しく並みひと通りでない道具類を並べ、庭の植込みの草木も自然のままでなく人工的につくっているのは、見苦しく、とてもガックリする。

金にあかせて、家を飾り立てることを非難しているのがわかります。国の内外から、珍しいもの、貴重なものを集めるのは、自分の財力や権勢を誇示することだ、と暗に言っているのです。古今東西の城や宮殿、寺院は、そうした動機で建てられたものも多いでしょうし、芸術品の数々も、権力者や富豪の財力がなければつくられなかったと思うと、複雑な気持ちになります。

先に掲げた第八一段で、兼好は「屏風や襖《ふすま》に書かれた字や絵が見苦しいと、こんなものを平気で出しているとはと、家の主の気が知れない」と言っていますが、彼は一級品でないとダメだと言ったわけではありません。たとえば、彼は能筆、

字が上手な人として知られていましたが、こう言っています。

手のわろき人[1]の、はばからず文《ふみ》書き散らすはよし。見苦しとて人に書かするはうるさし。（第三五段）

字を書くのが下手な人が、それを気にせずに手紙をどんどん書くのは良い。みっともないからと、人に代筆させるのは、わざとらしくていやだ。

1：筆跡が良くない。悪筆。

兼好は、代筆をよく頼まれていたのでしょうか。能筆の人は、他人からよく本の書写を頼まれていました。兼好の和歌には、他人に代わって詠んだ歌もあります。

また、『源氏物語《げんじものがたり》』の若紫《わかむらさき》の巻では、まだ幼い若紫に習字させる光源氏《ひかるげんじ》が、「（筆

跡が）よからねど、無下《むげ》に書かぬこそわろけれ（字が下手だからと言って、書かないのはもっとよくない）」と言っています。兼好は、この話に依ったのかもしれません。

江戸時代の川柳にも、

代筆を兼好いっそうるさがり

という句があります。「いっそ」は、じつに、本当にという意味です。

「大方持てる調度《てうど》にても、心劣りせらるることはありぬべし」（第八一段）

「あの人、あんなものを持って喜んでる」と、後ろ指を指されないように、分相応のもの、さりげなく落ち着いたものを、自分らしく持って、大事に使いたいものです。

住居を見れば住人の品格がわかる

家もまた住む人の感性や品格を表わすもの

「三軒建てないと満足する家は得られない」と言われますが、一生に一度でも自分の家を持てるかどうかわからないのが一般庶民です。逆に、先祖代々住み続けて築二百年という家に住むのは、一種のステータスとも言えるでしょう。

家を訪ねて行き、外装のけばけばしさに幻滅したり、資産家がひっそりとした家に居るのに感動したりするように、家はただ雨露をしのぐ容器ではありません。

よき人の、のどやかに住みなしたる所は、さし入りたる月の色も一際《ひときは》しみじみと見ゆるぞかし。今めかし

くきらかならねど、木立ものふりて[1]、わざとならぬ庭の草も心あるさまに、簀子《すのこ》[2]・透垣《すいがい》[3]のたよりをかしく、うちある調度《てうど》も昔覚えてやすらかなるこそ、心にくしと見ゆれ。（第一〇段）

立派な人が、ゆったりと住みならしている家は、さし込む月の光まで身にしむように見えるだろう。当世風のきらびやかさがなくても、庭の木立も古色があって、手入れをした風でない庭の草も情緒を感じさせ、ぬれ縁から透垣の配置も良く、ちょっと置いてある道具も古風で落ち着いた感じなのが、奥ゆかしく見える。

1：なんとなく古びて。古くからあるようで。
2：ぬれ縁。ひさしの外にあり、雨露がたまらないように板の間を少しすかしている。
3：割竹や細板を組んで間をすかした垣。

一時期、玄関や入口ばかり立派な家が流行りましたが、最近は台所など水回り

が明るく立派な家が増えています。女性の意見が強くなったり、「終《つい》の住処《すみか》」に求める条件がより実用的になったりしているのでしょう。

家を建てるなら冬ではなく夏をよく考えるべき

もうひとつ、兼好の家づくりの意見で、有名なことばがあります。

家の作りやうは夏をむね[1]とすべし。冬はいかなる所にも住まる。暑きころわろき住居《すまひ》は堪《た》へがたきことなり。（第五五段）

家のつくりは夏向きを第一にするのが良い。冬はどんなところでも住める。暑い時期に住みにくい住居は、どうにも我慢できない。

1：第一、大事。

京都の夏が暑いことは、よく知られています。京町屋の坪庭《つぼにわ》も、夏に少しでも風を通すために工夫されたものです。

その庭をより涼しくするために、豊富なわき水を活用していますが、その水についても、兼好は「深き水は涼しげなし。浅くて流れたる、遥かに涼し（庭の遣水《やりみず》の流れが深いのは涼しそうでない。浅く流れているのが、ずっと涼しい）」と言います。

確かに、今見ても、庭に引き込まれて流れる小川の水は浅く、石の上を、気化熱を奪いながら流れていきます。水が蒸発する時に、周りの熱を奪うので涼しくなる、という理屈は知らなくても、水辺で涼むのは昔からの知恵ですね。

冬はどんなところでもしのげるというのは、いささか乱暴な言い方ですが、昔の日本人は、確かに寒さに強かったようで、宮中の行事や宴会などは、冬でも開けっ放しの部屋で行っていました。ガラス戸がないので、窓や戸を閉めると暗くなるからでしょうが、それしても冬の京都は相当の寒さだったのではないでしょうか。

家を建てるならもちろん庭木にもこだわるべき

庭の木についても、兼好の注文はうるさく、まず何より「ものふりて（古びて、古めかしくて）」が第一条件。植木屋が持ってきた木で、急ごしらえしたものはダメ。ずっと昔からここに植わっていた木でなくては、と言うのです。その木も、松、桜、そして梅。柳も良いけれど、初夏の若楓はあらゆる花や紅葉にも勝る。草は山吹、藤、杜若《かきつばた》……季節ごとに花の咲く草がほしいと。

いづれも木はものふり大きなる、よし。〔中略〕（草は）いづれもいと高からず、ささやかなる垣にしげからぬ、よし。（第一三九段）

いずれにしても、木は年代がついて大きいものが良

い。(中略)（草では）どれもあまり丈が高くなく、こぢんまりとした垣根にごちゃごちゃ茂っていないのが良い。

家も庭も、「どうだ！」と言わんばかりに飾りたてるのを嫌うわけです。庭も人工的に刈り整えない、手入れをしても野の風情を生かす――今の日本庭園につながる美意識でしょう。

「大方《おおかた》は家居《いえゐ》にこそことざまはおしはからるれ」（第一〇段）

住む人の人柄・品格は、その住居の様子から推測できるという意見は、現代でも納得できます。

教養を身につけて恋に励め

生まれつき変えられないこと以外は、努力して身につけよ

兼好は『徒然草』の読者として男性しか想定していません。彼が「人は」「人というものは」と言う時の「人」は、男です。

さて、そこで第一段を見てみましょう。

人はかたちありさまのすぐれたらんこそ、あらまほしかるべけれ、物うち言ひたる、聞きにくからず、愛《あい》敬《ぎやう》ありて、言葉多からぬこそ（第一段）

人は容貌風采の立派なことが、望ましいだろう。

ちょっと口をきいても聞きにくくなく、人好きがして、言葉数の多くないのが良い。

まずは「見た目」、容貌です。そして言葉づかいと声音《こわね》、音量のコントロールに人柄が出ます。そして、生まれつきでない、後天的な才能の必要性を述べます。

ありたきことは、まことしき文《ふみ》の道、作文《さくもん》・和歌・管絃《くわんげん》の道。また有職《いうそく》に公事《くじ》の方、人の鏡ならんこそいみじかるべけれ。手などつたなからず走り書き、声をかしくて拍子《ひやうし》とり、いたましうするものから下戸《げこ》ならぬこそをのこはよけれ。（第一段）

身につけたいのは、本格的な学問、漢詩・和歌の道、

音楽も堪能で、宮中のならわしなど伝統的知識や政務儀礼の面で、人の手本となればすばらしいだろう。字も上手にすらすら書き、いい声で一座の音頭をとり、酒をすすめられると「もう飲めません」と言いながら、まったく飲めないわけではないというのが、男としては良い。

また、第一二二段では、人(男)が学ぶべき道を列挙しています。まずは漢文の教養、そして書道、医術、弓道、馬術と挙げます。さらに食についての知識、手工芸の技術と続きます。教養があり、字がきれい、医学の知識は人を助けるものですし、弓道・馬術は、現代で言うならスポーツや自動車でしょうか。

七百年も昔の話ではありますが、男性のプライドをくすぐる「いい男」の条件は、変わらないのかもしれません。

恋を知らない男に人の心はわからない

学問を究めよとくりかえし述べる兼好ですが、では、勉強をしてさまざまなスキルを身につければ、一角《ひとかど》の人物になれるのか……。兼好は、こうした男を、不粋で全くもの足りない人物と一刀両断にし、「色好み」になれと言います。

そもそも日本の伝統的文化において、恋は優雅で切ないものです。長い長いアプローチの末、やっと彼女と一夜を過ごした――そのような時でも、「やったあ！」とは叫びません。

逢《あ》ひ見ての後《のち》の心にくらぶれば昔は物を思はざりけり
（権中納言敦忠《ごんちゅうなごんあつただ》）

あなたと逢瀬を遂げることができたら、もう物思いはなくなると思っていたのに、いざそうなってみると、前よりもっとあなたが恋しくて切ない、と言うのです。「百人一首」には恋の歌が多く入っています。

忘れじの行末《ゆくすゑ》まではかたければ今日《けふ》を限りの命ともがな

（儀同三司母《ぎどうさんしのはは》）

あなたは永遠の愛を誓うけれど、そんなことは不可能に決まっているから、いっそ幸せの絶頂にある今日を最後に死んでしまいたいと、こちらも深みがあります。

大げさなようですが、私たちの先祖は、なかなか恋の巧者が多かったのです。中国や朝鮮には、あまり恋の詩歌がありません。現代の日本人は、他国に比べて恋に淡白な国民と言われていますが、昔はそうではなかったのです。

兼好は、恋は美しく、しかもつらく、胸をしめつけるものでなくてはならないと言っています。

露霜《つゆしも》にしほれて[1]、所さだめずまどひ歩《あり》き、親のいさめ、世のそしりをつつむ[2]に心の暇《いとま》なく、あふさきるさ[3]に思ひ乱れ、さるは[4]ひとり寝《ね》がちに、まどろむ夜なきこそをかしけれ。（第三段）

1：ぬれそぼって。
2：気がねする、遠慮する。
3：ああでもない、こうでもないと。
4：それでいて、そのくせ、

恋する女性を思って露や霜にぬれそぼるほど夜通しさまよい、親の意見も世間の非難にもはばかることなく、あれやこれやと思い乱れ、そのくせ女に会えずに夜はひとりで寝ることが多く、恋の思いにゆっくり眠ることもできないというのが趣《おもむ》きがあるというものだ。

然るに。

男性の恋は、妄想と幻想の上に成立する、という意見もあります。確かに、自分で勝手にこしらえた理想像に、現実の女性を当てはめようとして、これまた勝手に幻滅したりするわけです。

快楽ではなく物思いにふけるのが真の「色好み」

兼好の「恋」も、妄想と幻想で凝り固まっています。ただ、美しい妄想ではありります。現実の女性は、しばしば彼の幻想をぶち壊す存在なので、「女なんて奴は、

根性曲がりで、おしゃべりで、奥ゆかしさがなくて……」（第一〇七段）という悪口で、怒りを吐き出します。そして、日常生活の中に女性がいると、妄想の邪魔になるので「妻というもの持つまじ」（第一九〇段）となるのかもしれません。

逢[1]《あ》はでやみにし憂さを思ひ、あだなる[2]契《ちぎ》りをかこち、長き夜をひとり明し、遠き[3]雲井《くもゐ》を思ひやり、浅茅《あさぢ》[4]が宿に昔を偲《しの》ぶこそ、色好むとは言はめ。（第一三七段）

思いを遂げることなく終わった恋を恨《うら》み、はかない恋を嘆き、長い夜をひとりでろくに眠れずにあかし、手の届かない恋人を思い、はたまた昔の恋の思い出のある家が荒れはてているのを見て、昔の恋を思い出す。そんなのをこそ色好みと言うのだ。

1：思いを遂げることなく終わった恋のつらさ。
2：はかない、かりそめの恋を嘆く。
3：身分的・距離的に遠隔のあるところにいる恋しい人。
4：荒れはてた家。

和歌に残された平安朝の恋は、兼好の中でさらに美化され、こうした恋の物思いに悩むことが、本当の「色好み」であるとなったのです。

ただの女好きを色好みと言うのは、大間違いです。千人斬りなど、愚の骨頂。恋は何度でも美味しい。終わってしまった恋の思い出を、何度でも記憶の中で変奏して味わうことができるのです。

「よろづにいみじくとも、色好まざらん男は、いとさうざうしく、玉の巵《さかづき》の当《そこ》なき心地ぞすべき」（第三段）

容姿も才芸も文句のつけようのない男性でも、恋の趣きを解さない不粋な男では、全くもの足りなくて、玉の盃の底がないように、まるで役に立ちません。恋の物思いは人情の機微の極致ですから、恋を知らない男に人の心はわからない、ということですね。

何ごとも過剰なものは美しくない

ものにあふれ、人に囲まれた生活は、美しいとは言えない

兼好の美意識をさぐるパートの締めくくりとして、彼の嫌いな「美しくないもの」を挙げてみましょう。

賤《いや》[1]しげなるもの、居たるあたりに調度《てうど》[2]の多き。硯《すずり》に筆の多き。持仏堂《じぶつどう》[3]に仏の多き。前栽《せんざい》に石・草木《くさき》の多き。家の内に子孫《こうまご》の多き。人にあひて詞《ことば》の多き。願文《ぐわんもん》[4]に作《さ》[5]善《ぜん》多く書き載せたる。（第七二段）

1：下品に見える。
2：道具類。
3：信仰する仏像を安置する室。仏間。
4：神仏に祈願する時、その趣旨を記す文章。
5：造寺・造仏・写経など

下品に見えるもの。座っている辺りに道具類の多い。硯に筆が多い。持仏堂に仏像が多い。庭の植え込みに石や草木が多い。家の中に子や孫が大勢いる。人に向かって口数が多い。寺社に出す願文に、自分のした善行がたくさん書きつらねてある。

の善根。

ごちゃごちゃしているのは、兼好の美意識に逆らうのです。桜ですら、八重桜のぼってりしているのは嫌だ、と言っています（第一三九段）。

もうひとつ、彼が嫌うのは、当世風、最近の流行《はやり》です。

1今様《いまやう》は無下《むげ》にいやしくこそなりゆくめれ。〔中略〕うつくしき2器物《うつはもの》も、3古代《こたい》の姿こそをかしと見ゆれ。〔中略〕4ただ言ふ言葉も、くちをしうこそなりもてゆくなれ。（第

1：当世風、現代のもの。
2：入れ物。
3：昔からの様式。
4：話し言葉。書くのでは

ない、口語。

（二二段）

現代風のものは何につけてもひどく品が悪くなっていくようだ。優美な道具や調度も、昔からのものそのままがすばらしく見える。口にする話し言葉も、最近はがっかりするようになってきている。

話し言葉の品が悪くなってきたという嘆きは、いつの時代もあります。明治時代には女学生言葉、たとえば「良くってよ」などが非難されていますし、現代では「スゴイ」や「超（チョー）」が、そして「ヤバイ」が良い意味と悪い意味の両方で使われることに、大人が困惑しています。

兼好は、言葉には敏感だったので、第一一六段では、「寺の名前でも何でも昔はさらっとつけていたのに、最近は経典や何かから探し出した凝った名をつけた

がる。人の名前も難解な字を使ったりする」と嘆いています。まさに、現代の話のようですね。

自分を大きく見せる必要はない

さらに兼好が嫌うのは、似つかわしくないことです。

聞きにくく、見苦しきこと。〔中略〕数ならぬ身[1]にて、世の覚えある人[2]を隔てなきさまに言ひたる。〔第一一三段〕

見聞きしていやだと思うのは、〔中略〕大した分際でもないくせに、世間で名声を得てもてはやされている人のことを、自分と親しいように吹聴すること。

1：取るに足らない身分。
2：世間で名声を得ている人。

これと似ているのが、第七六段の、権勢をほこる家に冠婚葬祭があるときにやって来て、関係者のようにふるまう法師です。俗世を離れた人間のふるまいとしては見苦しい、というわけです。

法師が武芸に励むのも、東国武士が連歌《れんが》や管絃をたしなむのも見苦しい、「人に思ひ侮《あなど》られぬべし（世間の人から軽蔑される）」（第八〇段）と言っています。我身をよく省みて、相応にふるまえというわけです。

しかし、これは兼好自身の自戒かもしれません。彼自身が権勢家《けんせいけ》（大臣など）に出入りしていたことがわかっていますし、鎌倉幕府の有力者ともつながっていました。有名人を友だちみたいに言うな、と言っていますが、『徒然草』に書きとめた、あれやこれやの人物のエピソードは、「私は、この人のこういう話を知っている」という自慢とも読めなくはありません。

自戒を込めて、下品になる前に踏みとどまろうとするのが、兼好の姿勢でしょうか。

パート６

死

～直視できないけれど

死は前からではなく背後から迫る

寿命は人の都合を待ってはくれないという現実を知る

兼好は『徒然草』の中で、くり返し「死を忘れるな」と語ります。試しに『徒然草』の中で「死」という言葉の出てくる段を数えてみると、二十カ所にのぼります。一二、三段に一回出てくるというのは、通読した場合、「あ、またあった」と思うくらいの頻度です。

死期《しご》はついで[1]を待たず。死は前よりしも来らず。かねて後《うしろ》に迫れり。人皆死あることを知りて、待つこと、しかも[2]急ならざるに、覚えずして来《きた》る。（第一五五段）

1：順序、順番。
2：そのように切羽つまっていないのに。

死期《しき》は順番通りに来るわけではない。死は、前からやってくるとは限らない。早くから背後に迫っている。人は皆、いつかは死ぬと知っていながら、急に死が来るとは思っていないうちに、不意にやってくるのだ。

この前段で、兼好は四季の移り変わりを述べています（207ページ参照）。春のうちに夏が、夏のうちに秋がきざし、ひそんでいる。若い若いと思っているうちに年をとる、と言いたいわけです。

一方、「死」は、生まれてから成長し、年をとって老いの果てにくるというように、順番をふんでくるわけではないと言うのです。第一三七段では、「若きにもよらず、強きにもよらず、思ひかけぬは死期《しご》なり（若くても体が強健であっても、死は思いがけずやってくる）」とも言っています。第五九段でも、「命は人を待つものかは（寿命は人の都合を待ってはくれない）」と言い、死の迫ることは「水火の攻

むるよりも速かに、逃れがたきもの（洪水や火災の襲うよりも速く、しかも逃れられないもの）」と、兼好はくり返し、人はいつ死ぬかわからないのだ、だからいつも「死」を心に置いて生きよ、と言っています。

生を楽しまず死を恐れて過ごすのは愚かなことである

ラテン語に「メメント・モリ」という言葉があって、「死を想え」とか「死を忘れるな」と訳されます。古代ローマでは「（死ぬ前に）現世を楽しめ」という意味で使われ、後のキリスト教世界では、「死後の世界を考えて（正しく）生きよ」という意味で使われるようです。兼好は、もちろんこれを知らなかったでしょうが、まったく同じように言っています。

「生きていることを喜び、楽しめ」という兼好の次の言葉は、ラテン語の「メメント・モリ」と期せずして一致しています。

――一日《いちにち》の命、万金《ばんきん》よりも重し。〔中略〕人、死を憎まば、――

生《しょう》を愛すべし。存命《ぞんめい》の喜び、日々に楽しまざらんや。（中略）生ける間生を楽しまずして、死に臨みて死を恐れば、この理《ことわり》あるべからず。（第九三段）

一日の命は万金よりも価値がある。（中略）人は死を憎むのであれば、生を愛するべきである。生きている喜びを毎日味わわずにいていいものか。（中略）生きている間に生を楽しまずにいて、死に臨んで死を恐れるなんて、こんな理屈にあわない馬鹿なことがあるものか。

つまり、人はいつも忘れるのです――人の致死率が一〇〇%であることを。あるいは、考えないようにしているのです。確かに、毎日「明日死ぬかもしれない」と思っていたら、仕事をする気も、家庭を持つ気も、家を建てようなんて気もし

なくなるかもしれません。

そこで、昔の人は、「朝《あした》に道を聞かば夕べに死すとも可なり」（『論語』）と言ったのです。たとえすぐ死んでしまうとしても、勉学は無駄ではないと。「朝に夕べを謀《はか》らず」とも言います。先のことを考えても仕方がない、というのも一理あります。とはいえ、頭の隅に、「人はいつか死ぬ」と思っていると、生き方に根性が据わると言うか、肝心のところにひとつ重りがある気がします。

「人は死ぬ」という真実を、身近に教えてくれるのが、親の死です。「看取り」「介護」は、自分にとっても価値のあることだと思います。親が最後に、身をもって教えてくれること――それが、「人は死ぬ」ということです。

「死は前よりしも来らず。かねて後《うしろ》に迫れり」（第一五五段）

背後から、ワッと来て首根っ子をつかまれる、それが死でしょうか。心がけておきたいと思います。

老いて誇れるのは知識のみである

「長生きすると恥も多い」と断じた兼好の「老い」の理想論

日本人の平均寿命は、女性が八七・〇五歳、男性が八〇・七九歳（二〇一五年、厚生労働省）で、世界でも有数の長寿国になりました。これは、もっと若くして亡くなる人と平均しての寿命ですから、日常の感覚としては、八十代半ばくらいまでは、葬儀でも、「まだ早いです……」という言葉が聞かれます。

平安時代でも、長命の人はいました。紫式部《むらさきしきぶ》の仕えた中宮彰子《ちゅうぐうしょうし》（藤原道長《ふじわらのみちなが》の娘）は、数え八十七歳の長寿を保ち、藤原俊成《としなり》（定家《さだいえ》の父）は宮中で九十のお祝いをしてもらいました。長命の人が少ない時は、その人たちが古いことを教えてくれると、尊敬され、重んじられるわけですが、高齢者が増え、その一方で古い知識にあまり価値がおかれないようになると、年寄りの価値が相対的に下がってしま

うのかもしれません。

第三三段に、後深草天皇妃《ごふかくさてんのうひ》で伏見《ふしみ》天皇母の玄輝門院《げんきもんいん》という人物が出てきます。この人は、一三二九年に八十四歳で亡くなりましたが、七十二歳の時、新築の御所を内覧した際、十四歳の時に焼亡した昔の御所と窓のつくりが違うことを指摘し、改めさせたそうです。その記憶を、兼好は「すばらしい！」と褒めています。長寿を保ち、古い記憶を伝えていくことに価値があったのです。

兼好は、老いについてどう考えていたでしょうか。

命長ければ恥《はぢ》多し。長くとも四十《よそぢ》に足らぬほどにて死なんこそめやすかるべけれ。（第七段）

長生きすると恥をかくことも多い。長くとも、四十歳にならないくらいで死ぬのが見た目が良いようだ。

そして、四十歳くらいを過ぎると、「老醜《ろうしゅう》をはばかる心もなく、人中に出しゃばり、老残《ろうざん》の身で子や孫を溺愛《できあい》して、その立身する将来を見届ける寿命を願い、俗世への執着心ばかり深くなり、情趣《じょうしゅ》や風情もわからなくなっていくのが情けない」（第七段）と断じています。

兼好は、この部分を三十歳以前に書いたと言われていますが、それにしても過激で手厳しい。彼自身は、七十歳くらいまで生きたのですが、後でこの部分を書き直したり、除いたりしなかったのですね。確かに、「老害」「老醜」「晩節を汚す」という言葉があります。

余計なことをして恥をさらすな

しかし、年をとることのメリットもあるはずです。

老いぬる人は〈中略〉心おのづから静かなれば、無益《むやく》のわざをなさず〈中略〉老いて、智の若き時にまされる

こと、若くして、かたちの老いたるにまされるが如《ごと》し。
（第一七二段）

老人は〔中略〕心中も自然と穏やかになるので、余計なことをしない〔中略〕年をとって、知恵が若いころよりまさってくるのは、若い時の容貌が老人よりまさっているようなものだ。

兼好は、この前段で、「若い時は血気盛んで情欲に溺れ、身を誤ったり、あと先考えずに行動したり、気分も変わりやすくて危ない」と言っています。

かつては、四十歳を「初老」と呼び、四十歳で最初の長寿のお祝いをしました（四十《しじゅう》の賀《が》）。兼好が四十歳を目安にしているのも、これに依ります。

五十歳のころに書いたとされる部分にも、四十過ぎての色好みについて、「た

まに色恋沙汰がひそかにあるのは仕方がない。しかし、人前でそうした情事や他人の色恋の噂をしゃべるのは見苦しい」と言っています（第一一三段）。

平成の世の「六十過ぎても恋をしよう」という風潮を見たら、兼好は開いた口がふさがらないでしょう。恋に寛容な兼好も、彼の美意識からすると、恋はひそかに楽しむ、若く美しい男女の姿が絵になる、と思っていたようですから。

その道で名を馳せても謙虚であれ

芸についても、兼好は辛口コメントを残しています。

年《とし》五十になるまで上手に至らざらん藝《げい》をば捨つべきなり。励み習ふべき行末《ゆくすゑ》もなし。老人のことをば人も笑はず。（第一五一段）

1：余生。

五十歳になってもものにならない芸は止めてしまうべきだ。これ以上励んで習得するような余生も残されていない。老人の芸が下手であっても、他人は笑うことができないのだから。

また、ひとつの分野で名を成した人のあるべき老後の姿を、兼好は第一六八段で述べています。「この人がいなくなった後は、一体誰に教えてもらったら良いのか」と言われるほどの評価を得るのは、人生の花道として立派だけれど、一生をそのことだけに費やしたと思われるのも味気ないから、何か人に聞かれても「いや、もう昔のことで……」くらいに言っておくのが良いと。

しかし、生身の人間の語る記憶は、活字の記録にはない迫真力があるのも確かです。ポイントは柔軟性でしょうか。年相応の自然体で、個人的な記憶や考えに固執せずに、後世に残したい記録を語り伝えたいものです。

無常だからこそ生きる価値がある

明日をあてにせずに生きていく――兼好の無常観と生きる価値

「無常」と言えば、「ゆく河の流れは絶えずして、しかももとの水にあらず」という鴨長明《かものちょうめい》『方丈《ほうじょう》記《き》』の冒頭の名文が浮かんできます。水は同じように流れ続け、その流れは尽きることはないが、その流れている水の粒子は、常に入れかわっている――マクロからミクロへの視点の移動です。

兼好も、第一三七段で葵祭《あおいまつり》見物に集まった老若男女貴賤の生態を語った後、筆を転じて、次のように記しています。

> 都の中に多き人、死なざる日はあるべからず。〔中略〕
> [1]鳥部野《とりべの》・[2]舟岡《ふなをか》、さらぬ野山にも、送る数多かる日はあ

1：京都市東山区にあった火葬場。

れど、送らぬ日はなし。〔中略〕若きにもよらず、強きにもよらず、思ひかけぬは死期《しご》なり。（第一三七段）

都にいる多くの人々、その人が死なない日はあるはずがない。〔中略〕鳥部野・舟岡の葬場やその他の野山でも、野辺送りの多い日はあっても、野辺送りのない日はない。〔中略〕若いとか強いとかに関係なく、思いがけずにやってくるのは死期である。

2：京都市上京区の丘。平安時代末期から火葬場、墓地。

「無常」イコール「死」という考え方もあり、実際同じ意味で使われることも多いのですが、厳密には違います。「死」は「ジ・エンド」、生の断たれる時点ですが、「無常」は常に動いている状態です。生々流転、一瞬として同じところに安住しないことです。今生きている、しかし、その生も常に動いて死に向かっている、それ

が「無常」なのです。

しかも、動いていく先は、誰にも予見できない。だから、謙虚に今を生きようというのが兼好の思想です。

また、第二五段では、明日の命が約束されないのは人間だけではない。金銀財宝の限りを尽くして建立《こんりゅう》した寺でも崩れ去るのだ、と言っています。

第二五段は、次の古歌の引用ではじまります。

世の中は何か常なる飛鳥川《あすかがは》昨日の淵《ふち》ぞ今日は瀬になる　（『古今和歌集』）

世の中に不変のものはない。明日という名のあすか川でさえ、昨日深い淵だったところが、今日は浅瀬になるのだから、といった意味ですが、これに続けて、藤原道長《ふじわらのみちなが》が贅美《ぜいび》を尽くした法成寺《ほうじょうじ》が、創建されて三百年の後に焼亡し、再建されることもなく放置されていると記しています。

法成寺がいかに贅沢の限りを傾けてつくられたのかは、『栄花物語《えいがものがたり》』という道

長の一代記を中心とする歴史物語に、克明に描かれています。そのような大寺院も廃虚となってしまう有様を、兼好は目《ま》のあたりにしているのです。

道長が財を傾けて法成寺をつくったのは、ひとえに死後、極楽に行くことを願ったためと言われます。無常の世を逃れるためにつくった寺が、世の無常を思い知らせるシンボルになるのは皮肉です。

どんなものも頂点を過ぎれば衰えていく

道長と言えば、「この世をばわが世とぞ思ふ望月《もちづき》の欠けたることもなしと思へば（欠けることなく輝いている今宵の月のように、私の心は何ひとつ欠けることなく満たされている）」（『小右記』）の歌で知られていますが、兼好はこう言います。

望月《もちづき》の円《まと》かなることは、しばらくも住《ちゅう》[1]せず、やがて欠けぬ。（第二四一段）

1：とどまる。

満月が丸い姿であることも、少しの間もとどまることなく、すぐに欠けてしまう。

第八三段でも、兼好は「月満ちては欠け、物盛りにしては衰ふ（月が満ちた後は欠けていくように、ものも頂点に達した後は衰えていく）」と言います。

しかし、皆《みな》が皆、無常感にとらわれて生きた訳ではありません。112ページで紹介した第二一七段に登場する大福長者（大金持ち）は、「この世は永久不変」という信念を持って、かりにも世は無常などと思ってはならない」と断言しています。確かに、明日地球が滅亡するかも、明日自分が急死するかも、と思っていたら、働いて財産を築いたりしようとは思いません。

中国の昔話に、天が落ちてくるのではないかと心配して、夜も眠れず、食事ものどを通らない人の話があります。無駄な取り越し苦労を意味する「杞憂《きゆう》」の語源になった話です。この話は、ある人が来て、「天は落ちてこないし、大地も崩れることはないよ」と言って、安心させて終わります。

じつは、この話には続きがあって、二人の学者が論争して、「天地は崩れるかもしれない、崩れないかもしれない、どちらが正しいかを我々は知ることができない。未来のことは知ることができないのだから。そんなわからないことに心を費やすのはムダだ」という結論に落ち着きます。

しかし、現代では、隕石はともかく、どこかの国が打ち上げたロケットなどの残骸が落ちてくることもあれば、大地が大鳴動することもある——これは、周知のことです。

未来が決まっていないからこそ生きていく価値がある

では、どうすれば良いのでしょうか。

人間の、営みあへるわざを見るに、春の日に雪仏《ゆきぼとけ》[1]を作りて、そのために金銀珠玉《しゅぎょく》の飾りを営み、堂を建て

1：雪でつくった仏像。雪ダルマ。

んとするに似たり。（第一六六段）

人間が皆せっせと励んでいることを見ると、まるで春の日に雪で仏像を作り、しかもそのために金銀珠玉を使って、雪仏を納めるお堂を建てるのに似ている。

人間の活動は、すぐに解ける雪ダルマのために立派な寺をつくるようなものだ、砂上《さじょう》の楼閣《ろうかく》よりもっとはかない、と言うわけです。いつかは崩れ去る、消えてゆくとわかっていても、何かをつくらずにいられないのが人間でありましょう。そして、兼好は「無常」が悪いことばかりでもないと言います。

あだし野[1]の露《つゆ》消ゆる時なく、鳥部山《とりべやま》[2]の煙立ち去らで

1：化野。嵯峨の墓所。

のみ住み果つる習ひならば、いかにもののあはれもなからん。世は定めなきこそいみじけれ。（第七段）

化野《あだしの》に置く露が消える時がなく（露はすぐ消えるもののたとえなのに）、鳥部山の（火葬の）煙がいつまでも漂ったままでいたなら、（つまり人の命が永遠であったなら）もののの情趣もなかろう。この世は無常であってこそ意味がある。

2：東山の火葬場、墓所。

いつかは消えてゆくという覚悟があってこそ、この世に生き、そして何かを残したいと、はかない努力を続ける意味があるのかもしれません。

命は限りがあるからこそ尊い

私たちにはいったいどのくらいの時間があるのか

兼好は、なぜ「死がすぐそこに迫っていることを忘れるな」とか、「この世は無常」と強調するのでしょうか。

それは、人間に許されている時間には限りがある、と実感していたからだと思います。兼好は、俗世を離れた「世捨て人」で、時間がたっぷりあり、だから「つれづれなるままに」このような文章を書いたと思われていますが、じつは「時間がない」と思っていたのかもしれません。

兼好は、人の一生を次のように言います。

——蟻《あり》の如《ごと》くに集まりて、東西に急ぎ、南北に走《わし》る人、——

高きあり、賤《いや》しきあり。老いたるあり、若きあり。行く所あり、帰る家あり。夕《ゆふべ》に寝《い》ねて、朝《あした》に起く。いとなむ所何事ぞや。生《しやう》を貪《むさぼ》り、利を求めて、やむ時なし。
(第七四段)

蟻のように集まっては、東西南北をかけめぐっている人間たち。その中には身分の高い人も低い人も、また老人も若者もいる。誰でも行くところがあり、帰る家がある。夜は寝て、朝になると起きる。彼らは何のためにあくせくしているのか。生に執着し、利益を求め、とどまる時はない。

まるで、現代社会の私たちの姿、そのままではありませんか。毎日駅のホーム

にいると、通勤時間帯はもちろん、それ以外の時間でも皆急《みな》がしそうに電車を待ち、電車に駆け込み、どこかを目指して行きます。そして、口癖のように「忙しい」と語り合います。何のために、そんなに忙しくしているのか。出世するためか、家を持つためか、目的を達成するためか……。

兼好は、あくせく生きたあげくに待っているのは、「老と死」だと断定しています。だから、92ページで紹介したように、自分がしたいことの中でどれがもっとも大事なのか、よく考えて、「第一のことを案じ定めて、その外は思ひ捨てて、一事を励むべし（第一のことを決定し、その他のことは断念して、最重要のことに専念すべきである）」（第一八八段）と言います。

優先順位を熟慮し、一番大事なことを決めたら、潔くその他のことは諦めろ。人生は、あれもこれもと欲張るには短い、というわけです。

人生に次の機会があるとは限らない

優先順位を決める難しさについても言及があります。碁を打つ時、三つの石を

捨てて十の石を取るのは容易だが、十の石を捨てて十一の石を取るのは難しい。しかし、その難関を乗り越えよ、と言うのです。

社会的に、ある程度の地位を得ている人が、突然（と他人には見える）その地位を投げうって、まったくジャンルの違う分野に転身し、注目を集めることがあります。当人にとっては、深く熟慮した結果、自分の一生を有意義なものにするための決心。転身して成功するとは限らない、そのリスクを背負っても、自分で選択した道なのです。

第一八八段の末尾で、兼好は、登蓮《とうれん》法師という平安時代末の歌僧の話を語っています。人が集まって話をしている時、ある人が「摂津《せっつ》の渡辺《わたのべ》（現在の大阪市淀川河口付近）に住んでいる上人が、『ますほの薄《すすき》』（和歌に使われる語）について詳しく知っているらしい」と言いました。これを聞いた登蓮法師は、人が「せめて雨が上がるまで待ったら」と制止するのを振り切って、雨の中を、その上人のもとへ出かけて行ったのです。

「人の命は雨の晴れ間をも待つものかは。我も死に、聖《ひじり》も失《う》せなば、尋ね聞きて

んや（人の命は雨の上がるのを待つであろうか。私も死に、上人も死んだら、もう聞くことができない）」と言い捨てて、雨の中を走り出て行ったのです。

「思い立ったが吉日」ということわざそのままですが、確かに、疑問のあることを、今度あの人に聞こうと思っているうちに、その機を逸するのはよくあること。

また、親の葬儀などで、昔のことをもっと聞いておけば良かったと悔やむのも、多いことです。人の一生は、他の動物と比べて長いようですが、限られたもので、しかも期限が予告されていないのです。

「第一のことを案じ定めて、その外は思ひ捨てて、一事を励むべし」（第一八八段）

ただし、「第一のこと」を探して、試行錯誤した末に正解に辿《たど》りつくのも人の常でしょう。

思い通りになる人生などない

理屈屋の兼好が至った「悟り」とは何だったのか？

兼好は、『徒然草』の中で、ことあるごとに「死を忘れるな」と言い、この世は無常だと書きますが、それは彼の恐れであり、悩みの表出です。人は必ず死ぬ、いつか死ぬ、明日はどうなるかわからない――こうした兼好の苦悩を、仏教は救ってくれたのでしょうか。

大事《だいじ》[1]を思ひ立たん人は、さりがたく、心にかからんことの本意《ほい》を遂げずして、さながら捨つべきなり。（第五九段）

1：出家して仏道に入るという人生の大事。

出家を思い立った人は、捨てにくく、いつも気にかかっていることがあっても、そのことを果たさずに、そのままにして放り出すべきである。

「思い立ったが吉日」で、出家しようと思ったら、すぐそのまま出家しなさい、と言うのです。人は皆《みな》、「まずこのことを片づけてから」とか「あのことの始末をつけて」とか「急にことを起こしてあれこれ放り出すと世間に何と言われるか」とか言って、出家を先延ばしにするものだ、と。

老後は好きな音楽をとか、陶芸をとか、改めて勉強をとか、皆さんおっしゃいます。高齢化社会の今、老後に始めても遅いということはないでしょうが、始めるなら、早いうちに準備はしたほうが良いでしょう。そうしないのは、ただの憧れ、妄想に過ぎません。現在の、思うに任せない生活からの「逃避」として思い描く、バラ色の老後です。

兼好は、思い立ったら若いうち、と言います。

第四九段では、「年をとってから仏道修行を始めようなどとしてはいけない」と言いますが、さらに「はからざるに病を受けて、たちまちにこの世を去らんとする時にこそ、初めて過ぎぬる方の誤《あやま》れることは知らるなれ(予期せぬ病気になって、突然この世を去ろうとする時、初めて過去の誤りを思い知ることになる)」とも言うのです。

若いうちから心がけておけ、一生は約束されているわけではないのだから、といったところでしょう。

死をことさら飾り立てる必要はない

ガンなどで余命宣告を受けた人が、残りわずかな日々を心残りのないように生きる、という小説や映画が多くあります。事故や災害、突然の死に見舞われた人たちの気持ちは、どのようでしょうか。

夜まで元気で、翌朝目が覚めないという死に方を望ましいと言う人もいます。「ピンピンコロリ」という理想像ですね。認知症はいやだし、自らの死と向き合

う時間は、少なくあってほしいといった気持ちが、そのように言わせるのかもしれません。

人の終焉《しゅうえん》の有様のいみじかりしことなど、人の語るを聞くに、ただ「静かにして乱れず」と言はば心にくかるべきを、愚かなる人は、あやしく[1]、異なる相《さう》を語りつけ、いひし言葉も振舞も、おのれが好む方に誉めなすこそ、その人の日来《ひごろ》の本意《ほい》にもあらずやと覚ゆれ。

（第一四三段）

人の臨終の様子が立派だったことなどを、誰かが話すのを聞いていると、ただ「静かに取り乱すことなく」と言えば奥ゆかしい感じがするはずなのに、愚かな人

1：不思議な、常識では考えられないこと。

は、不思議な、普通でない有様（奇跡）を語り添え、死に際の言葉やふるまいも、自分の好きなようにつくって褒めたてるのは、故人の生前の志とは違うのではないかと思われる。

兼好も、人の最期が気にかかっていました。高僧などが亡くなると、紫雲がたなびき、えも言われぬ良い香りが漂い、天上の音楽が聞こえたなどの奇跡が語られることがあったのです。キリスト教でも、聖人の遺骸は腐らないと信じられたことがあったようです。

しかし、兼好は、そのような奇跡譚《たん》をわざとらしいと思ったのでしょう。寺院の名でも、凝り過ぎたのは嫌味だ、家具や調度も飾りたてたのは見苦しい、宴会芸なども面白くしようとし過ぎると失敗すると言った兼好ですから、人の死に際もあっさりと、スーッとこの世から解放された、というふうに終わるのが良いと思っていたのかもしれません。

そして、そのように死を迎えられるか、自分の一生を振り返って、死と直面した時に穏やかにしていられるのかが、彼にとっての「悟り」だったのかもしれないとも思えます。

幼少から理屈っぽい性格だった兼好は悟れなかった⁉

兼好は悟れなかっただろう、と考える人は多くいます。理屈の多い、ああでもない、こうでもないと考える兼好のことですから、真っ直ぐに仏を信じることはできなかったかもしれません。

『徒然草』の最終段、第二四三段は、兼好が八歳の時の思い出話、父子の問答です。

兼好：「仏とはどんなもの？」
父　：「仏には人がなるのさ」
兼好：「人はどうやって仏になるの？」
父　：「仏の教えを受けてなるんだよ」

兼好：「その教えた仏は、どの仏に教わったの？」
父　：「それも前の仏が教えたのさ」
兼好：「その教え始めの仏は、どんな仏なの？」
父　：「……空から降ったか、地から湧いたかなあ」

こんな理屈っぽい、しつこい男の子が、素直に仏様を信じて悟りを得るのは、なかなか難しいでしょう。

思い通りにならないからこそ生きていく

兼好の迷い、無常への思いを読んでいると、ある考えが脳裏をよぎります。それは、人生は、前向きに過ごしてもダメなのではないか、ということです。前を見ても一寸先は闇、明日のことは誰にもわからない、世は無常です。だとすれば、見えるのは今と過去だけです。生きるヒントを与えてくれるのが、過去と現状だけなら、後ろを向いて生きるしかありません。

であるなら、後ろを見ながら、後ずさりしながら未来に向かっていくのも、ひとつの生き方といえるのではないでしょうか。

今日一日のことでさえ、思ったようにはならないのです。まして、人間の一生が思い通りになるものか——とは言うものの、期待しても裏切られるだけだといじけていると、あに図らんや。すらすらと、思い通りにいくこともあるのですから、人生は不思議なものです。そこで……。

「物は定めがたし。不定《ふぢやう》と心得ぬるのみ、まことにて違《たが》はず」（第一八九段）

この世にあらかじめ決まっていることは何もない（不定《ふじょう》）と心得ておけば、それだけは間違いない——兼好らしい「悟り」です。

兼好の生涯と時代年表

天皇	後鳥羽	土御門	順徳	仲恭	後堀河
将軍	源頼朝	頼家	実朝	（北条政子）	
執権		時政	義時	泰時	

年（年号）	事項（兼好関連は太字）	齢（数え年）
一一八五（文治1）	平氏滅亡。源頼朝、諸国に守護地頭を置く（事実上の鎌倉幕府始まる）	
一一九二（建久3）	源頼朝、征夷大将軍となり鎌倉に幕府を置く	
一一九八（建久9）	法然『選択本願念仏集』、浄土宗広まる	
一一九九（正治1）	源頼朝没（53歳） このころ農業生産増、二毛作始まる	
一二〇五（元久2）	『新古今和歌集』成立（後鳥羽院、藤原定家等） このころ日宋貿易盛ん	
一二一二（建暦2）	鴨長明『方丈記』	
一二一九（承久1）	源実朝、頼家の子・公暁に殺される（28歳）	
一二二一（承久3）	承久の乱。後鳥羽院は隠岐、順徳院は佐渡に配流 六波羅探題設置（朝廷の監視と洛中治安維持）	
一二二六（嘉禄2）	摂家将軍始まる（九条頼経、曾祖母が頼朝の姉妹）	

天皇：四条｜後嵯峨｜後深草｜亀山｜後宇多

将軍：九条頼経｜頼嗣｜宗尊親王｜惟康親王

執権：経時｜時頼｜長時｜政村｜時宗｜貞時

一二三二（貞永1）	御成敗式目制定（最初の武家法、武家の法的独立）	
一二三五（嘉禎1）	藤原定家、『百人秀歌』成立	
一二五二（建長4）	親王将軍（宮将軍）始まる（後嵯峨皇子の宗尊親王）	
	このころ「為替」流通。貨幣経済進む	
一二七四（文永11）	文永の役。元軍、九州北部に上陸（元寇）	
一二八〇（弘安3）	阿仏尼、亡夫・藤原為家の相続訴訟のため鎌倉に下向（『十六夜日記』）	
一二八一（弘安4）	弘安の役。元軍一〇万、高麗軍と襲来	
一二八三（弘安6）	**兼好、このころ誕生か**	1
一二八四（弘安7）	北条時宗没（34歳）	2
一二八五（弘安8）	堀川基俊、検非違使別当になる（『徒然草』第九九段）	
	霜月騒動、安達泰盛一族滅亡	3
一二八六（弘安9）	両統迭立（持明院統・大覚寺統の皇位互いに交代）の議	

年	天皇	将軍	執権	事項	年齢
一二八九（正応2）	伏見		貞時	頓阿生まれる。堀川基俊、職を辞し、鎌倉次期将軍・久明親王に供して鎌倉下向	7
一二九〇（正応3）		久明親王		**父に、仏とは何かと問う（『徒然草』第二四三段）**	8
一二九七（永仁5）				永仁の徳政令（鎌倉御家人の経済的窮乏救済のため、借金棒引、以後の質入を禁止）	15
一三〇一（正安3）	後伏見			**一説に、これ以前に堀川家に仕え、その縁で後二条天皇（生母が堀川基子—具守女）に蔵人として、もしくは蔵人所職員として仕えたか**	19
一三〇二（乾元1）	後二条		師時	金沢貞顕、六波羅探題南方となり上京（一三〇九年辞職）	20
一三〇五（嘉元3）				金沢貞顕長子・顕助、仁和寺真乗院に入室 **このころ、兼好は鎌倉の平惟俊の家で詠歌**	23
一三〇七（徳治2）				**一説に、このころ金沢貞顕の被官となる**	25
一三〇八（延慶1）				**鎌倉に下り、相模国金沢称名寺に行き、帰京。西華門院（堀川基子）に召され、後二条天皇の追善和歌に詠進**	26
一三一〇（延慶3）				二条為世と京極為兼、勅撰集撰進をめぐり、「延慶両卿訴陳状」の争い	28

天皇	将軍	執権	年	事項	年齢
花園	守邦親王			金沢貞顕、六波羅探題北方となり上京（一三一四年辞職）	
		宗宣	一三一一（応長1）	3～4月　洛中に疫病流行 **伊勢国から鬼女が上京して洛中大騒ぎに。兼好、事件を見聞（『徒然草』第五〇段）**	29
		熙時	一三一三（正和2）	**山科小野庄の田一町歩を「兼好御坊」の名で購入（これ以前に出家）**	31
		基時	一三一五（正和4）	京極為兼、六波羅に拘引され、土佐に配流（日野資朝、それを見て「あな羨まし」と語る：『徒然草』第一五三段）	33
		高時	一三一六（正和5）	堀川具守没（68歳）、岩倉に葬る	34
			一三一七（文保1）	法成寺金堂、地震で崩壊（『徒然草』第二五段）	35
後醍醐			一三一八（文保2）	**このころ兼好は関東下向か**	36
			一三二〇（元応2）	二条為世『続千載和歌集』撰進**（兼好一首入集）**	38
			一三二一（元亨1）	後醍醐天皇、後宇多法皇の院政を廃し、親政とする	39
			一三二二（元亨2）	**兼好、山科小野庄の田一町歩を大徳寺塔頭柳殿に売寄進（低価で売り渡す）。名義に「沙弥兼好」**	40
			一三二三（元亨3）	**皇太子邦良親王（後二条皇子）から五首歌召される**	41

一三二四（正中1）	後醍醐	守邦親王	高時	正中の変、後醍醐クーデターの疑いで、側近の日野資朝・俊基を六波羅に拘引。鎌倉送付（俊基は釈放、資朝は佐渡配流）	42
一三二五（正中2）	後醍醐	守邦親王	高時	**兼好、邦良親王の歌会に詠進** 二条為定（為世の孫）『続後拾遺和歌集』撰進 **（兼好一首入集）**	43
一三二六（嘉暦1）	後醍醐	守邦親王	貞顕・守時	3月　北条高時出家、金沢貞顕、執権となるが間もなく辞退、出家 4月　守時、執権（鎌倉幕府最後の執権）	44
一三三〇（元徳2）	後醍醐	守邦親王	守時	**この年から翌三一年秋までに『徒然草』成立か**	48
一三三一（元弘1）	光厳（北）	守邦親王	守時	8月　後醍醐天皇、笠置に奔り、挙兵 9月　幕府軍、後醍醐を捕縛（翌年隠岐に配流）	49
一三三二（正慶1）	光厳（北）	守邦親王	守時	6月　日野資朝が佐渡で斬死、日野俊基も鎌倉で斬死 楠木正成、千早城を築いて籠城	50
一三三三（正慶2）	光厳（北）	守邦親王	守時	閏2月　後醍醐、隠岐を脱出 5月　足利尊氏、六波羅探題を攻め滅ぼす 鎌倉幕府滅亡し、北条高時、北条貞顕ら自刃	51
一三三四（建武1）				二条河原の落書、世相を諷刺	52

後村上

光明（北）

足利尊氏（室町幕府）

一三三五（建武２）	足利尊氏、後醍醐に叛す（中先代の乱） **兼好、内裏千首和歌に七首詠進**	53
一三三六（建武３）	**兼好、定家筆『源氏物語』を書写校合** 5月　尊氏、後醍醐を攻め、湊川の戦いで勝利 8月　尊氏、光明天皇をたてる 12月　後醍醐、三種の神器とともに吉野に（南朝） **兼好、尊氏勧進の北野社百首和歌に出詠**	54
一三三七（建武４）	**このころ『徒然草』成立かの説も**	55
一三三八（暦応１）	尊氏、征夷大将軍となる（室町幕府成立）	56
一三三九（暦応２）	**前年に続き、『古今和歌集』を書写校合** 後醍醐、吉野で没（52歳）	57
一三四一（暦応４）	4月　出雲守護塩冶高貞、高師直の讒言で出奔、自殺 **（『太平記』に兼好が高師直の依頼で塩冶の妻への艶書を代筆とあり）**	59
一三四二（康永１）	**兼好、『拾遺集』書写校合、『源氏物語』再度校合**	60
一三四三（康永２）	兼好の友人、道我没（60歳）	61
一三四四（康永３）	**足利尊氏・直義（尊氏弟）勧進の『高野山金剛三昧院奉納和歌』に五首出詠**	62

年	南朝	北朝	将軍	出来事	年齢
一三四五（貞和1）	後村上	光明（北）	尊氏（室町幕府）	**二条良基（右大臣）主催の百首続歌会に参仕**	63
一三四六（貞和2）				**洞院公賢（左大臣）を訪問、「和歌ノ数寄者（歌人で知られている者）」と言われた**	64
一三四八（貞和4）				**洞院公賢を訪ね、高師直着用の狩衣について問い合わせる**	66
一三四九（貞和5）		崇光（北）		『風雅和歌集』成立。**兼好の一首入集** 足利直義と高師直抗争、直義失脚	67
一三五〇（観応1）				**二条為世十三回忌和歌に二首出詠** 直義、大和で挙兵（観応の擾乱）	68
一三五一（観応2）				直義、師直を殺す。尊氏、直義討伐のため東下	69
一三五二（文和1）		後光厳（北）		直義、鎌倉で急死 閏2月　南朝軍、京都占領 5月　幕府軍、京都奪還 **8月　二条良基の『後普光園院殿御百首』に、頓阿、慶運とともに合点（批評して佳歌に印をつける）。これが兼好生存の最後の記録** **死去について記録なし**	70
一三五九（延文4）			義詮	『新千載和歌集』成立。**兼好三首入集**	
一三九二（明徳3）				南北朝合一成る	

〈主要参考文献〉

・稲田利徳編『校注 徒然草』（和泉書院）
・小川剛生訳注『新版 徒然草 現代語訳付き』（角川ソフィア文庫）
・五味文彦『増補『徒然草』の歴史学』（角川ソフィア文庫）
・木藤才蔵校注『徒然草』新潮日本古典集成（新潮社）
・西尾実、安良岡康作校注『新訂 徒然草』（岩波文庫）
・佐竹昭広、久保田淳校注『方丈記 徒然草』新日本古典文学大系39（岩波書店）
・久保田淳『古典講読 徒然草』（岩波書店）
・久保田淳『物語の舞台を歩く8 徒然草』（山川出版社）

本書は書き下ろしです。

nbb
日経ビジネス人文庫

60分《ぷん》で名著快読《めいちょかいどく》 徒然草《つれづれぐさ》

2016年10月3日 第1刷発行
2024年 4 月4日 第2刷

著者
山田喜美子
やまだ・きみこ

編者
造事務所
ぞうじむしょ

発行者
中川ヒロミ
発 行
株式会社日経ＢＰ
日本経済新聞出版
発 売
株式会社日経ＢＰマーケティング
〒105-8308 東京都港区虎ノ門4-3-12

ブックデザイン
鈴木成一デザイン室

印刷・製本
TOPPAN

Printed in Japan ISBN978-4-532-19806-0

60分で名著快読 徒然草

山田喜美子
造事務所=編